简婷婷

著

只
想
说
给
你
听

中国文联出版社

http://www.clapnet.cn

图书在版编目（CIP）数据

只想说给你听 / 简婷婷著. -- 北京：中国文联出版社，2021.12
ISBN 978-7-5190-4673-6

Ⅰ.①只… Ⅱ.①简… Ⅲ.①散文集－中国－当代 Ⅳ.①I267

中国版本图书馆 CIP 数据核字(2021)第 229421 号

作　者　简婷婷
责任编辑　卞正兰
责任校对　杜芸曦
封面设计　葛冬燕

出版发行　中国文联出版社有限公司
社　址　北京市朝阳区农展馆南里 10 号　邮编　100125
电　话　010-85923025（发行部）　010-85923091（总编室）
经　销　全国新华书店等
印　刷　香河县宏润印刷有限公司

开　本　880 毫米×1230 毫米　　1/32
印　张　8.75
字　数　168 千字
版　次　2021 年 12 月第 1 版第 1 次印刷
定　价　68.00 元

献给所有芳华女人，以及李先生

目录

Chapter-1   *Love*   爱情 · · · · · · 001|031

Chapter-2   *Career*   事业 · · · · · · 033|061

Chapter-3   *Travel*   旅行 · · · · · · 063|107

Chapter-4   *Growth*   成长 · · · · · · 109|171

Chapter-5   *Marriage*   婚姻 · · · · · · 173|215

Chapter-6   *Balance*   平衡 · · · · · · 219|265

Chapter —1

Love

第一章

爱情

我爱你，没有什么目的。只是爱你。

——三毛

爱情是一场不期而遇

每个女人都期待邂逅一场浪漫的爱情，然后再缔结一段美满的婚姻，爱情就要风花雪月，找那个良人则是大浪淘沙。爱情对我而言，很难一两句话说清楚。认识我的人都知道，我家李先生是个韩国人，一听跨国恋，大家想象中我俩必定是轰轰烈烈，历经千难万险，冲破时空和文化的阻隔才走在一起——尽管电视剧里都这么演，我却没经历这么多。要说我们俩怎么走到一起的，我仔细回想了一下，从认识到现在，一晃就十几年了，而我俩的恋爱史，基本就等于我的黑历史。

说起我与李先生的相识，那真是羞于启齿。我曾经设想过无数次和命中注定的那个"他"第一次见面的场景，想必那一定是"春风和煦十里花香"，然而现实却是一个"灰姑娘和水泥鞋"的故事。

当时我大学刚毕业，离研究生开学还有一段时间，就在北京找了个临时工作。因为工作关系认识了一个韩国小哥，后来这个小哥的朋友要接待从韩国过来玩的四个小师妹，拜托我做导游，几个人约了见面。不料那天她们又带了一个师兄过来——就是我老公。没错，人物关系是有点复杂，所以说认识我老公真的好不容易——而且当时我为了赴约连表哥的婚礼都错过了。

记得那天北京刚下了雨，我踩着凉鞋一身清爽地去赴约，结果真是应了那个"美不过三秒"的定律，路上不知怎么一脚就踩到了泥水里。到了雅致的韩式餐厅后，我光着脏兮兮的脚拎着湿哒哒的鞋跑到卫生间简单冲洗了一下，接着就坐在了李先生身边。第一次见面，没有童话里的南瓜车和水晶鞋，我穿着滴水粘泥的湿鞋子，就这样认识了我的王子。

那次见面，我俩留下的第一印象很有意思，李先生年轻是有的，帅气也是有的，可是当他站起来的时候我失望地发现李先生没有大长腿，但是"个子不够颜来凑"，就不计较这么多了。后来李先生跟我说，他对我的第一印象竟然是"好多头皮屑"！从此我听他唱了十几年的《发如雪》，想象一下一个韩国人唱周杰伦的歌是什么画风，但我还是坚持听了十多年，可以说绝对是真爱了。李先生后来回忆说，当时他心里一直在纠结：要不要送这个女孩子一瓶去屑洗发水，真是太难做决定了！一方面他觉得我确实有这个需求，另一方面他又觉得初次见面就送女生这种东西似乎不合适，当他小心翼翼询问我意见的时候，没想到我当即表示自己没有任何偶像包袱，说"送呀，赶紧的啊！"

说起来很奇怪，刚认识李先生的时候，我完全没有想过以后会嫁给这个人。我甚至说不上来到底是哪一个瞬间对他动心的，毕竟我们的相处模式几乎是可以用"互相嫌弃"来形容了——也许更确切点说，是李先生单方面地吐槽我更多。那时候我虽然称不上不修边幅，但在李先生眼里怎么说也算"不拘小节"了。记得有次他来我家里，看见了我的毛巾，当时那个毛巾湿湿滑滑，大概有一个多月没用肥皂洗了——当然这一点我没有告诉他。李先生看见后当时就受不了了：这是女孩子用的毛巾吗？你真的是女孩子吗？接着他就在卫生间搓了好久，终于把我的毛巾洗得香喷喷的。不光是毛巾，李先生看到我的房间时也很震惊：这是女孩子的房间嘛？怎么会这么乱……

然而神奇的是，就在这种"嫌弃"中，我们的感情却越来越好，一来二去成了好朋友。当时我经常会加班，有时候下班晚给李先生打电话，他打个"黑车"就过来接我；每天他都会买一些小饼干，让我下午饿了的时候吃；加班的话他会买日本料理送过来给我。于是后来就表白了——是我表白不是他。我当时给他发短信，说给你介绍个女朋友你要不要，李先生回复说不要了，他马上就回国了。然后我当然是一顿死缠烂打："让我给你介绍个女朋友好不好，就是我！"过了好久他才回我说"我一直把你当妹妹"，那一瞬间我愣住了，觉得这大概就是被拒绝了吧，当时我很失落也很气愤：明明平时对我那么好，好到我都以为可以在一起了，竟然在关键时刻拒绝我？就在我又沮丧又生气地待在原地不知道怎么发作才好的时候，他又发了条短信过来："骗你的！其实我也喜欢你！"于是我们就在一起了，之后就是甜蜜的恋爱约会；再后来，李先生就变成我先生了。

　　每个女孩子心里大概都会有一个理想型，感觉李先生跟我心目中的理想型没有一点关系，但后来，心灵不设防地，就对他慢慢敞开了；整个人不知不觉中就沦陷在爱情里了。最后，李先生就变成了我的理想型本尊。所以，爱情这种东西，其实就是两颗心的自然吸引，什么理想型的预期、什么设计好的浪漫桥段——一切都没有用。在你遇到对的人的时候，毫无征兆地就会互相吸引，自然而然就会在一起。爱情，就是一场不期而遇，当它来临的时候，遵从自己的内心，真实地去面对就 ok！

以梦为马，随处可栖

我妈常念叨，我从懂事开始就吵吵着一定要去留学，但她其实说的不够准确，具体说来，是有一次吃饭的经历种下了我这个执念。那时候妈妈的一个朋友带着她的美国老公来我家做客，那位阿姨穿着牛仔衣，烫着大波浪秀发，一下子就把手里拿着鸡腿的我看呆了，觉得她简直就是画报封面上的香港明星，阿姨当时大概只当我是个腼腆不爱说话的小女孩，但其实我内心非常纠结，一直在想要不要开口搭讪借此练练英语。仔细想了想，觉得自己水平还可以——毕竟当时已经学了几十句英语口语，以我那时候的认知水平来看，自己也算是会一门外语的人好吗！于是在脑子里把平生学的英语句子翻来覆去倒腾了个遍，几次鼓起勇气想开口，话到嘴边却又羞涩紧张地压制了自己的冲动。不过，最后我也算是"得偿所愿"了——虽然只是说了句"Good Bye"（再见）。口语没练成，阿姨说的异国趣事却深深印在了我的脑子里，他们描述的吃沙拉三明治到处都讲英语的"国外"，简直就是一个充满诱惑的神奇天堂。我当时在小小的心里就立下了一个目标：必须去国外留学！当然了，那时候没想到移民的问题，只是觉得留学可以像这位阿姨一样学到很多东西，再回国那就是"光宗耀祖，衣锦还乡"。现在想想，当时还是太天真了。

后来一波又一波的留学潮后，"海归"变"海带"，留学党的含金量大打折扣。但我的想法还是没有变，我始终对留学抱有一种执念，相信这是打开人生新世界大门的契机和钥匙。其实长大后，我也慢慢知道了，外国的月亮和中国的一样圆，留学也没什么大不了的。但是从小根深蒂固的信念早已在心中生根发芽，无法拔出，像是虔诚地许愿很久，终究要实现的一个夙愿。

后来，大四那年我终于如愿以偿地拿到墨尔本大学的硕士Offer，但当时家里人对此件事的态度是忧多于喜，毕竟高昂的学费摆在那里。妈妈晚上翻来覆去想了很久，还是决定要帮我实现夙愿，第二天咬牙去跟朋友借了40万元，妈妈把卡丢过来，说钱给你借到了，剩下的事我可什么都不管了，你要自己还。40万元，我掰着手指算了算，六位数，简直是天文数字，我不知道要还多久。但是这个时候我怎么舍得放弃，当然一口答应。于是还没出国，就背上了一身债，我在小本子上算了账，当时海归回国初始工资4000元左右，那我差不多要用10年才能还清。霎时间，钱的压力像一盆冷水，把我出国的热情和开心瞬间浇灭，取而代之的是重重心事和对留学回来后如何赚钱的艰难规划。

不过在很多时候，多么完美的计划，都比不上两颗真心的碰撞来得更有力量。去墨尔本的计划已经确定，但偏偏遇到了一个小小的偏差，让我留学的航向转舵到了韩国。这个偏差就是李先生。

当时我想在开学前工作几个月赚点生活费，没想到就在这段时间里认识了李先生，并沦陷在了爱情里。其实在我表白的时候，李先生的回国日期已经很近了，而我自己也即将去墨尔本求学。我想过要分手，却被李先生坚决拒绝，他一字一顿坚定地说绝！对！不！分！手！之后我每次提分手的事情，他都要生气地打我头，说你想死嘛！这个家伙用非常简单粗暴的方式，让我们坚持走了下去。他回国之后，每天都会给我打两次电话，每次都要通话大概半小时的样子，当时国际长途贵得要死，一分钟的费用好几块钱，以至我到现在都觉得韩国电信局的崛起很大程度上有我们俩跨国恋的功劳。也正是因为舍不得和李先生相隔太远，我才决定放弃墨尔本大学，从头准备，转而申请韩国的大学。千挑万选之后，最后敲定了首尔大学，当时我打算报的那个专业，整个系只招四个中国学生，而且已经临近申请的截止日期，为了抓住最后的机会，我紧张地准备，终于赶在 Deadline（截止时间）前交了申请——我应该是当年最晚交申请的，没想到竟然很幸运地拿到了那个名额，然后雄赳赳气昂昂地奔到韩国去赴这场爱情的盛宴。

去韩国留学除了可以跟李先生团聚之外，额外的好处是留学费用从 40 万元降到了 10 万元，对去首尔大学的留学生，国家还会提供一定的补助，总体算下来，费用只有不到一般私立大学的 30%。当时非常开心，觉得省下的简直就等于是赚到了的。不过话说回来，留学的债务虽然轻了不少，钱终归还是要自己还。

去韩国读书，也不是没有遗憾的，小时候的执念让我觉得，去英语国家读书才称得上真正的留学，去韩国只是一个有点"将就"的选择。但事实证明，人生之路千万条，随处可栖。只要怀揣热忱，在哪里都可以学到知识、在哪里都可以活得多姿多彩。比如我在韩国这几年，就学了很多东西。技能上，韩语、料理、美发、美甲、护肤、彩妆都不在话下；事业上：教过中文、有过实习、做过代购、搞过原创服装设计，还参加过彩妆比赛，也算是履历颇丰。最重要的是，在完成硕士学习的同时，顺便结了个婚，生了俩娃……听上去可以说是"人生赢家"了。

不过，其实我也有过相当纠结的一段时间，尤其是对于从事本专业相关工作还是做美容护肤的抉择问题。也许很多人看我现在做简玺护肤，就自然地以为我的专业是美容护肤方面，其实完全不是。在北京读本科时我学的是营销类，在首尔大学读的是国际通商硕士——本硕的专业其实跟美容完全不搭边。说起来，小时候的执念也不是没有道理，留学确实给我打开了一扇通往新世界的大门：我就是在韩国读书的时候，才接触到了美容护肤，感觉很是喜欢。毕业后也想过立刻回国，但犹豫良久还是决定再留一段时间，系统地、高强度地学习美容护肤知识，这一学就是一年，不过也算是学有小成——起码到了可以出师的水平，中间还拿了一个国际美容大赛的金奖，这对跨专业的我来说，真是莫大的鼓励和认可。在毕业之初我也很纠结到底应该选哪条路走下去，是专业相关的金融还是兴趣所在的美容护肤？但后来我觉得自己将来的路不应该被某个专业或领域给框定住，读书时所学专业确实很重要，不过学校学习最大的意义不是灌输既定的专业知识，而是培养学习的能力。想通了这一点后，我就不再囿于自己的专业，而是随心而动。在这一方面，李先生一直很支持我，留学期间我做兼职、学韩语、学料理、学美甲护肤等，毕业后我做代购、做原创服装、做护肤品……无论怎样折腾他都尊重我，因为我们都知道，对真正的事业有引导的是兴趣、是发自内心的喜爱和热情。有这种热情和兴趣做引导，有心爱的人在身后无条件地支持，纵然前路未知，仍是随处可栖。

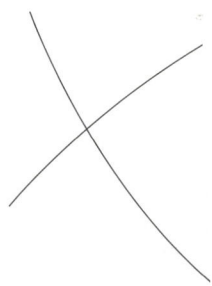
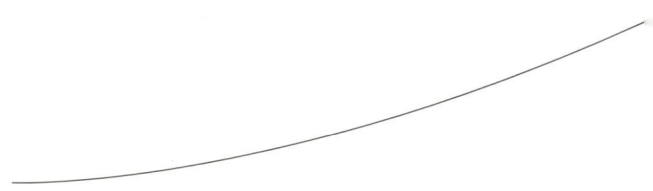

跨国婚姻？没在怕的

尽管我和李先生从头到尾都属于很恩爱的那种，但毕竟是跨国恋，大风大浪和鸡毛蒜皮，我们俩可以说是都经历过了。曾经那些称得上艰苦的日子，因为互相依偎，现在回想起来，还是觉得很甜蜜很温馨。

我俩跨国恋的第一个小磨难，应该就是穷了，相信每对夫妻，都经历过一段相对比较穷的苦日子。当时他刚毕业，我硕士在读，没有积蓄却又不肯向家里要钱，着实穷。话还要说回我留学之初，刚刚到韩国的时候正是2月份，春节刚过，冬寒未撤，我本来是3月份开学，但因为急着见李先生，于是就提前一个月来到韩国。下了飞机李先生来接我，本以为久别重逢时他会捧着花束翘首以待，结果我看到的是一个留着大胡子看上去憔悴不堪的男人，身后背着一个用了好多年的破书包。见到李先生这幅邋遢样子，我只能解释成"思念催人老"了。因为我提前太久来到首尔，学校宿舍还没有开放；而李先生在我过来之前一直在釜山，也是刚刚来到首尔。我们两个"首漂儿"当天就面临着一个重大问题：没地方住。于是李先生带我投奔了他的两个表弟，两个人都是高丽大学的学生，住一个单人间，只有一张大概1.2m宽的小床，本来两个表弟轮流睡床，我和李先生过去后，就变成了我睡床，他们三个人打地铺。为了给我接风，大家一起去菜市场买菜打算吃一顿好的，当时人民币和韩元汇率是1:120，一棵白菜大概要20元人民币，很小的一包泡菜要40元人民币，我看到这个价格简直要吓死，看来首尔，居之不易呀。鉴于我们四个人囊中实在羞涩，在菜市场转了一圈，几经纠结还是默默离开了。当时两个表弟的妈妈——也就是李先生的姑姑每星期都会给表弟寄米、紫菜和泡菜，我和李先生过来之后姑姑会多寄一点，四个人一起吃。一日三餐，天天是这老三样，这样的日子过了一个月。因为这段经历，即使已经过了十几年，现在的我仍然对泡菜和紫菜都爱不起来。当然偶尔我们也会馋，也会想吃冰激凌之类的，但冰激凌对我们来说太奢侈了，一个大概要15块钱，不过没有什么可以难得倒"吃货"，馋嘴如我，机智如李先生，我们还是想出了办法：去买快过保质期的打折冰激凌，大概三四折。也有实在想吃肉的时候，肉我们肯定买不起，就买肉罐头代替，当然也是快要过保质期的那种。

那时李先生还没有找到工作，有一次他和一个好友一起去面试，好友面试成功了，李先生没有，于是我们两个继续处于无业无钱"喝西北风"的状态。后来这个面试成功的好友来看我们，给我们带了吃的，大家一起吃火锅，朋友负责买菜，我贡献出了从重庆带过去的火锅底料，配上快过保质期的肉罐头，也算吃得很丰盛了。吃完后我们送朋友离开，当时是一个大雪天，李先生背着我往回走，脚踩在雪地上咯吱咯吱响，雪花一片一片飘下来落在肩头，他的发丝和睫毛上也沾了晶莹的雪花。我现在还记得很清楚，李先生当时指着远处的南山塔对我说："宝贝，看到吗？等以后我有钱了，就带你去南山塔吃大餐。"我听了觉得甜蜜又满足——很多人说成年人的世界"女爱钱男好色"，其实也不尽然，只要两个人真心相待，即使男孩没钱女孩青涩，一个小小的承诺也足以让人欢欣鼓舞。

后来终于开学，我住进了学生宿舍并且开始打工，主要是做中文家教，那时候的生活内容基本上除了上课读书就是打工，我不是在去做家教的路上就是正在做家教。大概每天5点钟起床，然后急匆匆奔往各个方向。李先生也找到了工作，工作日他上班，我自己坐巴士去做家教；周末李先生会花一整天的时间来陪我，给我当司机，早上开车把我送到做家教的地方，等我上完课再把我送到另一个地方。那些浪迹在首尔来来往往的车流里的日子、那段奔忙着挣钱又忙里偷闲相聚的时光，因为两个人在一起，都变得色彩缤纷。有人说贫贱夫妻百事哀，但其实还好，两个人在贫苦中抱团取暖、为了共同的美好未来一起奋斗，不也是一件很幸福的事吗？现在回想起来，觉得那时的生活中充满了小确幸，让人很是怀念。

跨国恋的另一个小磨难，应该是文化差异。感觉这种差异，更多地让我看到了李先生可爱的一面，李先生则对我时常表示无语——有可能是因为韩国男孩子确实比较懂浪漫，显得我很多时候有点"不解风情"。比如当初李先生要回韩国，临行前来找我告别，分开的时候我大踏步往回走，因为当时心里惦念着千万别赶不上公交车。结果李先生看我洒脱离开的背影就冲过来抱住我并且故作生气地打我脑袋："你是女人吗？你走了都不回头的吗！"当时李先生一定觉得我的心里住了一个"钢铁直男"，丝毫没有女生该有的细腻感情。后来，在他的长情下，我逐渐地学会了享受他带给我的温情和浪漫。

比如李先生会给我做吃的，他把胡萝卜一片一片切下来，雕成桃心的形状，把一起工作的同事们都羡慕死了；后来我发现韩国男生都会这样讨女孩子欢心。为此李先生还跟一个哥哥交流过经验，哥哥告诉他大家都是把整根胡萝卜雕成桃心，这样切下来每片都是这个形状，可是李先生很傻，他每次都是一片一片地去雕，真是蠢得可爱。

还有我留学那段时间，也就是"首漂"的日子，经济上很不富裕，他曾经有一次领了工资后跑到珠宝柜台上，非常霸气地对柜台小姐说："服务员，把你们这里最小的铂金戒指给我拿过来！"最小的？我没有听错吧！韩剧里男主角动不动给女主角买最贵的戒指，我家李先生竟然给我挑了个最小的，他还学剧里的男主角把我拉到广场中间做活动的台子上，半跪着给我戴上，很认真地跟我说："现在哥哥没钱，只能给你买小戒指；以后等我有钱了，再给你买大钻戒。"当时我戴着小巧的铂金戒指，看着他一脸的认真和坚定，瞬间觉得自己简直拥有了整个世界。后来结婚后很多年我都没有等到李先生的大钻戒，对此他还振振有词："都是石头，反正买了你也都会弄丢。"好好好，李先生你帅你说得都对。

回想起来，李先生是个很细心的人，他每年一到节日、纪念日都会送我一些小礼物，鲜花、小卡片、小零食……星星点点地点缀着我们的爱情和婚姻。他曾经写给我的那些东西，无论多久后看到还是觉得温馨感动，大概岁月静好就是这样吧。

关于两国文化差异，大概最大的差异体现在对长辈方面，我们俩吵架最凶的一次就是因为这个。那时候我在首尔读书，李先生的爸爸妈妈来看我，大家一起吃饭后我没有主动洗碗，李先生默默收拾了去洗，我去水池边找他的时候，他一直板着脸，我从来没见过他那么不高兴的样子。当时他说"这是我最后一次在我爸妈面前洗碗"。我听了气呼呼撸起袖子推开他把碗洗完，接着生气地收拾东西出门走了。他急忙追出来，开车送我离开，坐在车上我越想越委屈，为自己大老远地跑到韩国来觉得不值，一路都不肯理他；到了等红绿灯的时候，我更是打开车门跑了下去，打算就这样分手好了。他赶紧追下来。我生气地哭，把他当初送我的小铂金戒指还给他，提出分手；他也哭了，抱住我说不是说好要在一起的吗。

后来我才知道，在韩国，公婆面前一般都是由儿媳来洗碗，不会让儿子洗，这算是他们的一种习俗。自那以后我和李先生就一些原则性的问题约定好——礼仪、习俗、生活习惯……其实这些小差异，说开了就好，时间长了磨合磨合也就习惯了，比如现在我们家都是李先生洗碗。

因为文化差异，李先生还闹过笑话。那是我们结婚前第一次去见我外婆的时候，韩国第一次见对方的家人，对长辈是要行大礼的，就是双膝跪地那种。李先生当时一跪把我外婆吓一跳，还以为他做了什么对不起我的事。去见我奶奶的时候也很有意思，奶奶是重庆人，见了李先生很喜欢，一直让他"坐坐坐"，李先生虽然普通话说得很流畅，但重庆方言却只能听个十之二三，把奶奶的重庆话听成了"走走走"。他当时就慌了，还以为奶奶不同意我们的婚事要赶他走。

另外，李先生真的是很会哄人，不仅会哄我，更会哄长辈。

有一次我们一起去陪我妈逛街，她在橱窗那边试了一件大衣，觉得价格太贵放下就走了，没说喜欢不喜欢。李先生看到后悄悄把那件衣服买下来送给了我妈妈，很是贴心。还有一次，当时我刚生了大儿子不久，因为我和我妈有一些争执，她生气要走，李先生于是把儿子抱在怀里，在我妈面前走来走去，说"不要走嘛，你走了我怎么办啊"，他傻傻地拦在那里不让我妈出门，弄得我妈出也出不去，又不忍心真的离开，只好留下来。

和李先生在一起生活的这十几年，我想应该称得上一句琴瑟相和。我发现，其实只要两个人性格合契、真心相爱，与国籍根本没关系。说起来，又想起李先生向我求婚的情况，他先是瞒着我，悄悄去买了个求婚戒指，我这个人比较粗心竟然完全没发现。那天在家里他忽然说要喝红酒，因为我们平时都不喝红酒的，所以我很纳闷为什么李先生突然这么奇怪。他拿了酒杯倒了小半杯，碰杯之后我打算一口喝干，李先生忙把我拦住说"别别别，慢慢喝"，喝了一口之后我又想一口喝干，他又把我拦住了，我一边吐槽他麻烦，一边无奈地慢慢跟他喝，喝到最后发现酒杯底有东西，像是易拉罐拉环之类的，我忍不住埋怨李先生没有把杯子洗干净："什么东西掉在里面，脏死了。"再仔细看，居然是个求婚戒指！接着就看到李先生单膝跪下来向我求婚——当时确实是很惊喜的。

我们举办了两次婚礼，一次在中国，一次在韩国。第一次婚礼他提前联系到帮我们承办婚礼的礼仪公司，安排在婚礼的时候给我唱首歌，事先我不知道他做了这样的安排，一直被蒙在鼓里，到了婚礼那天他唱了歌手刘德华的歌曲"心肝宝贝"。唱完他说本来

还想献我一束白玫瑰的，结果一紧张就忘记了。当时司仪一直对我说"你老公好浪漫哦"。确实，十几年前在婚礼上敢唱歌的新郎还是蛮少的。李先生唱歌也不是多好听，敢献唱主要是因为他够勇敢，不怕吓到别人。结婚时司仪问我们是谁先表白的，我当时愣了一会儿，摇摇头说不知道——总不能告诉他是我先表白的吧！

现在想想，时间过得真快，转眼我们已经结婚 12 年了，如果要我给李先生打分的话，我会给他 99 分，每一项都是 99 分，不要100 分。老公嘛，要那么完美干什么，不多不少，配我刚刚好就够了。李先生之前有过三任女友，到现在我依然很感谢那三个女孩子把他甩了，让我有机会遇到这个好男人。大家都说婚姻是爱情的坟墓，跨国婚姻更是难觅良缘，可是我觉得只要用心经营，婚姻应该是爱情的升华才对。总之，幸福是靠两个人一点一滴共同积累起来的，只要真心相爱，就算是跨国婚姻，也是美好幸福的。

爱自己，是一场终生恋情的开始

有很多人问我，你和李先生结婚这么多年感情一直这么好，有没有什么经验啊。我想了很多，诸如共同的兴趣爱好、脾气相投……后来我想通了，首先还是要爱自己。听起来可能很奇怪，但是如果真的要志同道合、携手白头的话，婚姻一定是个一辈子都要不断修炼的过程。两个人仅仅凭着恋爱那几年的小甜蜜，是没法一起共度一生的。我见到很多人早早就放弃了自己，我的同龄人中有的早已经大腹便便、有的成了传说中的"油腻中年人"，好在李先生还是青春健美，也正是他教会了我婚姻幸福的首要条件，那就是爱自己。

女人难免会有偷懒的时候，我曾经有一段时间，身材走样、面容憔悴、不爱收拾自己，李先生对我郑重地提出警告"你还是要管理好自己的 Image（形象）"。本来我觉得都老夫老妻了，干吗这么麻烦，自己感觉舒服就行了。但李先生却超级自律，他每天坚持护肤健身，活得比我还精致，他为了穿衬衫好看，坚持健身已经 3 年了，手臂粗了一倍，肩膀也宽了很多，果然成了"衣架子"。我这个人最大的优点就是知错就改，为了配得上这么好的他，我当然也不敢懈怠，要好好"收拾"自己咯！

李先生已经到了不惑之年，韩国男人传统文化里的大男子主义多多少少有点，不过按照他自己的话来讲，已经被我教化得很好了。以前他是很少亲自下厨做菜的，只有在婚前恋爱的时候，偶尔下厨展示过他的厨艺，确实比我好。记得在北京的出租房里，有次我兴致勃勃地跟他说，"宝贝，我给你做水果粥！"他满是期待，最后粥端上来，让李先生大跌眼镜，因为我是直接在粥里丢了大块的桃子、苹果、梨子……我独创的这种奇葩"水果粥"让他嘲笑至今。后来他对料理萌发了巨大兴趣，在网上查了各种料理的做法，每天学习一个，用他的小本子记录下来动手实践，为此还专门买了烤箱。当时我在重庆，他一个人在无锡，刚开始他每天都会给我发亲手做的料理照片，我以为他做几天就会放弃，哪知道他一直坚持，直到我回来了还在做。他确实一向很自律，也会把自己照顾得很好。他说"对自己好，其实就是对家人负责"，他爱健身、讲究吃、休息好、注意形象，家里永远井井有条，自己也永远活力满满。一开始我是不以为然的，但后来想想，李先生讲得很对：只有这样爱自己、把自己照顾好，才可以更好地爱家人、照顾好心爱的人。

男人是这样，女人更是如此。一个女人，无论知识多么渊博，最重要的就是学会爱自己；一个人无论多么富有，最大的财富也永远是她自己。记得之前在网上看到一段话，让我深有感触："不管你爱过多少人，不管你爱得多么痛苦或快乐，最后，你不是学会了怎样去恋爱，而是学会了怎样爱自己。"看到这句话莫名地对作者生出了知己感，感觉她说得很对，人最应该学会的就是爱自己——和李先生说的一样。在李先生的影响下，我改掉了很多小毛病，比如之前爱吃垃圾食品，不喜欢运动，生活中"不拘小节"……现在，我用水果替代了垃圾食品，我会经常去练瑜伽、学爵士舞——当然生活中还是比较不拘小节，但是每天都会好好打扮自己、关心自己。女人只有爱自己才能足够强大，才能充满自信地去面对生命中的幸与不幸。

话说回来，爱自己不仅仅是让自己的外表美起来，它更多的是一种内心的自我取悦、自我接纳。当你真正过得快乐开心起来，你身边的人也分享了你的快乐，你给予家人和这个世界的也就会更多。

现在如果有人再问我为什么和李先生感情好，我想我可以很果断地回答：因为我们要先爱自己，才有爱别人的能力。之前陪儿子读书，看到王尔德的一句诗，很有一种醍醐灌顶的感觉，可以拿来与大家共勉："To love oneself is the beginning of a lifelong romance（爱自己是一场终生恋情的开始）。"说得不错，每一个女人都要和自己谈一场终生的恋爱，都要首先学会爱自己，然后才能去爱别人。所以我觉得，在一段幸福的爱情和婚姻里，女人应该做的最重要的事，一定不是想方设法去留住男人，而是好好去"收拾"自己的内在和外在，活出自己的姿态。我想爱情最美好的样子，就是充分爱自己，然后和他相伴到老。

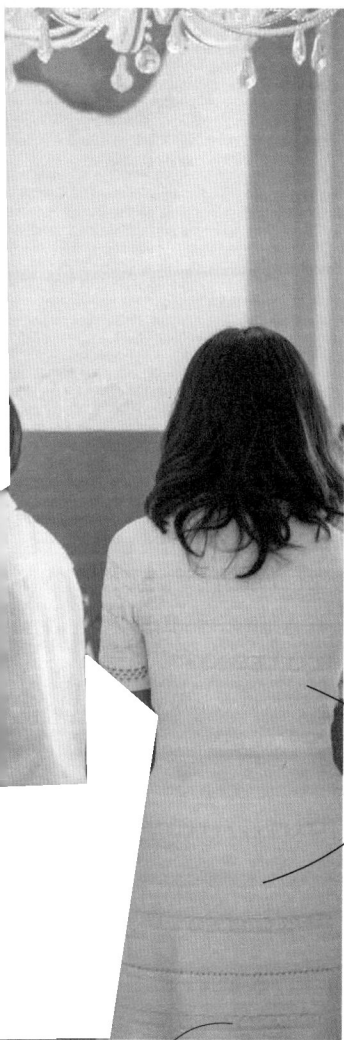

Chpter－2
Career

第二章

事业

Lady First 不是女人的特权，只是男人的气度。对于女人来说，一份事业心抵得过十份特权。

蜘蛛精编著 B 计划

在韩国留学期间，与圆满幸福、从一而终的爱情相比，我的事业可以用一波三折来形容了，说起来其实就是一个不断试错的过程。你听说过 3 年中既做代理又做代购、既当老师又当学生、既学护肤又学金融的吗？这些听上去似乎丝毫没有联系的职业，就是我研究生的日常了。

大家都知道，我一开始并没有系统地接触过美容护肤方面的知识，是从一个"门外汉"一点点学成"行家的"，起初这并不在我的计划之内，那时我纠结的点更多是在家庭和事业之间如何做出选择，因为女性的生理——比如生孩子——决定了我们在人生的某一个时段需要回归家庭，很多女性就是因此放弃了自己职业方面的发展，就此成为全职太太或家庭煮妇。我也不是没有设想过这样的情况，但转念想想余生都要在情感和经济上被动接受来自另一半的补给，而对经济的依赖迟早会造成家庭地位的不平等——这种以失去经济独立为代价的爱情，我不能想象它的保质期能有多久。

虽然心里告诉自己不能放弃事业，但如果为了事业牺牲家庭，那也是万万不能的。毕竟作为妻子和母亲的我，很难搁下温馨小家的幸福。我曾经在家庭和事业两者之间挣扎了很久：当时还在留学，在韩国的一些公司面试过几次，其中一些公司的条件还真是让人心动。比如其中三星旗下的一个分公司承诺我，第一年把我作为地区助理培养，第二年开始让我独立负责项目，这家公司在中国的台湾地区、上海市、韩国首尔都有分公司，鉴于我的中韩双重身份与经历，在首尔工作几年后以区域负责人身份回派国内不是不可能，所以心动是肯定有的。但当时李先生已经被派遣到中国无锡，两个儿子一个在重庆外婆家，一个在釜山奶奶家，而我在首尔，一家四口分居四地，如果我不尽快回归家庭，这种怪异的家庭组合不知道会持续到什么时候。所以进入这家公司——也就是我的 A 计划，很有可能会导致我与家庭长久的分离。

我这个人做事一向是信奉"广撒网，深挖鱼"的原则，对待事业也是如此，所以我还给自己留了个 B 计划。这个 B 计划说白了就是我的私人兴趣，当时在读书之余我喜欢上了护肤美容，所以整天干劲十足地学习一切关于护肤美容行业的东西，每天奔波于各个学院，学习美发、彩妆、美甲、肌肤管理等知识，积极地参加各种比赛，考取各种资格证书，整个人忙得分身乏术。除了忙碌，更有一些不可预计更不可避免的劳累，比如 5 点钟起来，拖着两个大行李箱坐公车从水原到首尔参加比赛、为了学美发把手磨破皮等，最让我有心理阴影的是，每次学完美甲后，对气味天生敏感的我次次都要在公交车里拼命忍住呕吐的冲动。知道这些后，李先生着实心疼；但因为是自己兴趣所在，当时的我反倒觉得甘之如饴。现在回想起来，倒是很感激 20 多岁的自己，凭着一腔热血和一股子韧劲儿，把一切都硬扛了下来。

不过，如果当时年轻的我知道自己在护肤美容行业学成之后接下来会坠入怎样的现实生活，也许倒要重新考量一下自己的选择了。相信很多人像我一样坚信 give and take（平等交换）这个生存法则的，想得到回报就得做出相应的付出。而且年轻人有必要清晰地知道，不是所有的付出都能一下子看到回报，你必须做好打长期攻坚战的准备。虽说当时 A 计划国际通商和 B 计划美容护肤，两条截然不同的路摆在我的面前，现在的我回首往事，可以问心无愧地说两条路我都做了充足的准备，无论选择哪一条，只要坚持走下去，对自己的选择负责到底，都会变成上天最好的安排。但对于当时的我来说却是两难：选择 A 计划意味着长久地不能和家人相聚，选择 B 计划则意味着一切清零从头再来。

最终，我放弃了韩国大公司给我递来的橄榄枝，选择回归家庭。但当我踌躇满志地回到国内想大干一场时，却发现理想和现实之间有着很大的差距，当时的我像是置身于四面戈壁的大漠荒原，完全找不到方向。看看自己，没钱没工作，家里两个孩子等着我来教育，而我对此毫无经验。况且，在韩国生活多年，我在国内完全没有人脉，想开始美容事业根本无从下手……实在焦头烂额，如同一个巨大的穹顶向我直压下来，让我透不过气。环顾四周，当时的我唯一拥有的就是李先生，于是每天怨妇般地给李先生打十几个电话，刚开始他还甜蜜回答耐心开导，后面被我缠得不胜其烦，语气开始变得不耐烦。当时的我已经完全变成了一个没有自我的讨人厌的女人——而这分明是我最不想变成的模样。日复一日的枯燥生活，让我憋得几乎要发疯，我感觉自己简直被无形的监牢囚禁了，而这所监牢的缔造者，正是我自己……直到此时，我终于意识到，再不做点什么，我迟早会被自己困死。而我的突围之路，完全要得益于这句话：Nice to meet you（很高兴认识你）。

本以为在当时的困境中，想开创护肤美容事业几乎无望，但有一天我在无聊玩手机的时候，忽然发现自己还有一笔无形的巨大财富，那就是人脉——虽然我在现实中没有朋友，但在虚拟的网络上有自己的QQ群，群名是TINGTING CLUB，里面有好几百个网友。提到这个QQ群，还要从我几年前结婚的时候说起。我曾在重庆的购物狂网站发过一个帖子，内容主要是分享我在韩国的传统婚礼照片，发这个帖子的目的纯粹因为好玩，没想到浏览量居然上万，还上了购物狂首页。因为那个时候我已经开始学习护肤美容，就顺便在帖子末尾留了QQ，说大家有问题问我就是了。没想到就是这个"无心之举"，竟然让我收获了数量可观的QQ好友。那一阵子好多人加我，QQ图标不断闪动，用今天的观念来看，大概那时候也算是个小小的"网红"了。反正当时在家里闲着没事，过够了天天对着墙壁发呆的日子，我的心开始蠢蠢欲动：我学过护肤美容，现在一时开不起美容院，那么何不把自己所学分享给大家呢？虽然挣不了多少钱，但总比整天无所事事等着发霉好吧？结合在韩国学习和操

作过的制作天然护肤品的经验，加上自己的见解，我的天然护肤微课堂算是张罗起来了。当然，那时候还没有知识付费的观念，我所谓的"微课堂"也没多大规模，我和群友们甚至连客户关系都不算，那个群最初只能算是一个护肤知识分享平台。

QQ 群对当时的我来说只是兴趣所在，是一个线上的交流基地，真正让我的护肤事业落地开花的，源于一次线下的危机与机遇。当时我的大儿子阳阳患上了严重的湿疹，我带着他四处求医问药、中西医都看遍却不见好转，连幼儿园老师都知道阳阳的湿疹很难治愈。后来，各种办法都试过之后，我想到既然我自己有扎实的护肤知识，为什么不能试着用来解决儿子的皮肤问题呢？于是，家里的小厨房就变成了我的"研发基地"，我给阳阳调配了好几款试用乳液，最后留用了效果最好的一款，也就是后来我的老客人熟知的"甜杏仁乳液"。当时阳阳幼儿园里的老师和妈妈们是我的主要社交圈，她们亲眼见证了阳阳的湿疹从"惨不忍睹"到逐渐缓解的转变，都知道阳阳有一个会做"天然护肤品"的妈妈，于是开始找我咨询皮肤问题和定制天然护肤品，就这样我在阳阳的幼儿园里开始小有名气，积攒了身边的第一批客人。

同时，我依然坚持把自己的护肤心得、自制护肤品的经验传到我的线上护肤基地，给大家做参考和案例。但我发现，因为大家没有接触过系统训练，想要自制护肤品还是蛮难的，所以不管我怎么教，很多人还是以失败告终。一来二去，大家也没有了DIY（自己制作）的兴致和耐性，后来一商量，大家觉得我既然能在无锡给身边朋友做定制护肤品，何不帮她们也一起做？谁想用什么、谁有什么皮肤问题直接跟我说就好，于是我就此开始了线上定制天然护肤品的第一步。现在回想起来，对大家来说，我不过是一个素未谋面、只在网上交流过的陌生人，但她们却愿意把自己的脸交给我，这份信任让我倍感珍惜。

就这样，线上线下两处开花，我的护肤小事业在家里的厨房正式起步了。虽然那时我做的护肤品产自厨房，但无论是杀菌还是功效方面，我都做到了严格符合标准，毕竟不能辜负来自幼儿园社交圈和网线另一端的信任啊！再后来，得益于最初一批老客人的口碑和推荐，我的小事业慢慢做大、渐渐被更多的人认识和信任。所以我现在常常很自豪地说：我们简玺跟雅诗兰黛一样，都是从厨房里起家的。

回想起来，我的 PLAN B 最终得以实施并且发展到现在的规模，除了源自儿子的那次湿疹，更要感谢那群信任我的老师、妈妈们，和 QQ 群里那些素未谋面的网友，她们就是我做护肤品定制最开始的"客户"，她们是我的事业最早的人脉网，也是最核心的网。如果用最近兴起的社群这个概念来定义的话，当初我也算是建立了我自己的一个女性社群。在那个社群里，我不把她们看作客户，而更像是身边的朋友，她们也不是把我单纯看成一个商家，而是一个可以信任的好姐妹。我就是用这样的方式吸引且留住了最初的客户，并在她们的宣传和口碑下一步步把简玺做了起来，也有了我今天微信里 4000 多好友组成的朋友圈，比如现在我有什么问题只要在朋友圈呼一下，很快就会有朋友留言给我出谋划策，当初我办公积金，就是朋友圈的伙伴提供了信息和帮助；甚至有一次我嘴馋发了朋友圈说想吃鸭脖，结果有个武汉的客户第二天直接用顺丰快递给我寄过来八盒各种味道的鸭脖子、鸭舌、鸭翅，让我受宠若惊感动不已……

现在我当初不被看好的 PLAN B 也终于步入正轨了。就我自己的经验而言，我觉得当初最重要的就是用心编织了自己的社交网。因此，我一直祈愿每一个女子都是一个美丽的"蜘蛛精"，用心编织自己的社群网络，自己受益也让别人受益，这样连"唐僧肉"也不用惦记，经济和人格的独立就会让我们"长生不老"。

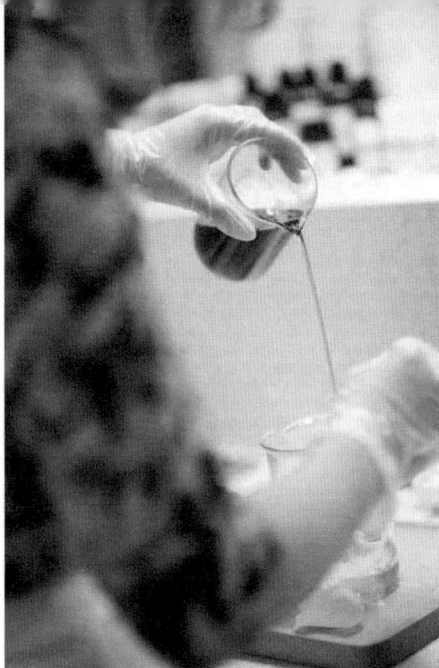

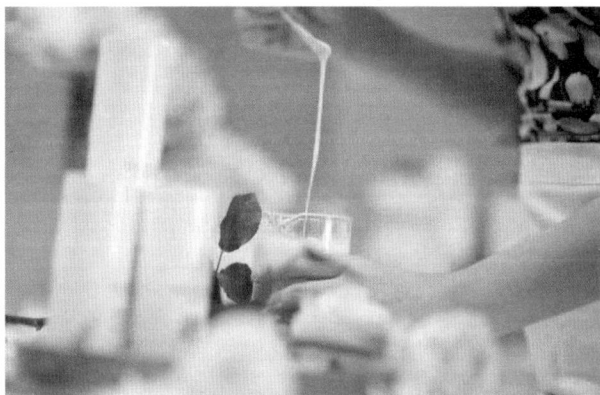

宁缺毋滥，我有我的倔强

说起我做简玺护肤品的这些年，很多人都会好奇，为什么我可以让客户放弃 SK-Ⅱ、雪花秀等大牌，而选择我这个暂时还没有多大知名度的小众品牌，仔细想想，也许是因为我自己一直有一个很"格色"的小原则吧，话还要从我留学的时候说起。

我在韩国留学期间，除了学习之外，家教也算是我半个主业了。当时在韩国的外国留学生中，家教行情是这样的：价格从每小时 5000~25 000 韩币不等，当时汇率是 1:120，大约就是 40~200 元人民币不等。"40"这个等级的比较大众，相对来说活儿好接，"200"这个等级的就相当难找了。但一开始我就给自己定了一个原则：宁缺毋滥，只做 200 元以上的。原因很简单，价格决定服务的品质。我认为我的品质值 200 元，我会认真上课，做到让家长和学生绝对的满意，而课时费是绝对没有商量余地的。有这么"格色"的一个原则，一开始我能找到的活儿真不多，所以着实过了一段穷日子，经济最窘迫的时候，每天的伙食就是"三件套"：泡菜、紫菜和白饭，但我仍然没有放弃自己的格色原则。慢慢地，家长和学生觉得我讲得很好，于是一个推荐一个，找我做家教的学生也越来越多。之后我的留学生活可以说"不是在做家教，就是在去做家教的路上"。而做这种高端家教，除了改善了我的财务状况外，还给我带来了意料之外的收获，那就是大大扩展了我的人脉圈，因为这些学生大多来自韩国中上层家庭，家长都是一些大集团部长、公司社长或者教授之类，他们后来为我的生活和实习提供了很多帮助，我很感谢遇到他们。

当初做家教的"格色"原则被沿袭到了我后面的所有事业中，那就是宁缺毋滥，要做就做到质量最好，绝不以低价格提高竞争力，不放低对自己的要求。譬如，我在留学期间的后半段时间，还做了一段时间的代购。当时结婚后组建了TINGTING CLUB的群，大家知道我在韩国，就让我代购。代购既方便大家，自己又能赚点外快，我决定试试。既然决定做，那就做专业点，经过深思熟虑之后，我跑到爱茉莉太平洋公司，报名做上门销售。这个职业说起来并不是那么值得炫耀，有点像推销人员，我公婆一度为我感到羞耻——韩国第一名校首尔大学的硕士竟然跑去做上门销售，他们都不好意思跟亲戚说。在韩国，访问型销售大多岗位门槛都比较低，根本不需要学历。但我不这么想，我觉得每个行业只要认真去做都可以有所收获，何况像爱茉莉这种在各方面都很规范的大公司，比如他们的入职培训非常正规，各种销售技巧、产品知识等等都让我受益匪浅。我这个人向来喜欢学新东西，所以认真做代购的同时我也不断从中学习，没事经常向公司里的元老大婶请教取经。后来我发现，外面的许多爱茉莉产品比在我们公司购买的要便宜得多，代购如果用外面的货源，那么利润就会高不少。但我毕竟是有"格色"原则的人，所以一直只做爱茉莉的产品，坚持在公司拿货保证正品，其他没有确切货源的东西再便宜也不做。工作第一个月，我居然成了我们分公司销售第一，不仅那些元老大婶都对我刮目相看，后来因为业绩突出，还得到了首尔爱茉莉的销售部长专门接见。虽然我的代购生涯不长，但这段经历也让我更确定了自己的原则，那就是"宁缺毋滥"，坚决不走低端低价的恶性竞争路子，我只保证最高的性价比，让客人买得放心、买得值，才是关键。

要坚持这种宁缺毋滥的"格色"原则，有时候确实是需要付出一点代价的。最让我痛得深刻的是我在韩国尝试做原创设计服装品牌的经历，当时我邀请了从法国留学回来的韩国设计师帮我，每次设计的风格都先做市场调查，小到每种布料的采购、色卡的选择都是我亲力亲为，一开始发展还可以，并且入驻了天猫网上平台。后来怀了第二个宝宝，我回国待产，于是更加方便投入我的原创服装品牌事业中去。为了节约成本，所有事情我都自己做，挺着大肚子跑前跑后：设计、材料采购、衣服打样、订单对接、店铺装修、衣服拍摄、发货……都是我一个人，我身兼老板、客服、仓管、设计等全职。刚开始生意很不错，后来慢慢出现问题了：我的设计师按照韩国人的身材来出版型，于是我只做了 S 和 M 码，但其实国内，针对我这种比较高端的原创品牌，消费主力人群不是年轻人而是有一定积蓄的中年女性，她们中的大多数人身材也就不是那么苗条了，一般尺寸应该从 M 码起。加上服装行业本来就是一个时尚快消行业，必须要不断快速更新，我因为衣服尺寸问题，出现了滞销，当时又没有足够的现金流来推出新品，最后创业就"死"在了现金流上。当时也有人劝我回厂重新改尺码，再低价卖出，或者跟其他商家合作捆绑销售，甚至李先生和他的社长都出资来支持我，让我东山再起。回厂改尺码无疑会破坏原设计的美感；捆绑销售无疑会自认变成廉价货。我怎么忍心这样对待自己的心血？何况，低价甩货完全违背我做原创服装的初心。当时我看着一大堆库存，真是彻夜难寐，一方面做梦都想着如何销掉这些衣服，一方面却又觉得宁缺毋滥，不肯让自己的初心"将就"。最后经过痛苦的思想斗争，我明白了如果一直这样耗下去，浪费的不仅仅是金钱，关键是宝贵的时间和精力，于是我快刀斩乱麻，把所有库存都寄给我住在成都的小姑，让她帮我卖，能卖就卖，不能卖掉的就扔了——毕竟这些衣服就像是我的孩子们，我舍不得亲手抛弃。后来的结果证明当时的果断放弃是正确的决定，该翻篇就翻吧！

不过没什么好沮丧的，失败的反面就是成功，虽然尝试了很多行业，但我宁缺毋滥要做就做最好的原则却始终如一，做家教如此，做爱茉莉产品如此，做原创服装如此，后来做天然护肤品也是如此。其实群众的眼光真的很犀利，很多人都放弃原来坚持使用多年的护肤品来选择我亲手制作的天然护肤品，因为产品质量他们自己是会判断的，我只要好好做好自己的产品就可以了。当然我还是会坚持自己的"格色"原则，不走低价竞争的路子，把成本放在提高产品质量而不是耗费在广告宣传上，"酒香不怕巷子深"，客人就是我的"移动活广告"。

女人可以是知识链管理的 PRADA 女王

常常有人跟我说，婷婷我太羡慕你了……以下省略一千字。其实，演员张曼玉都说人生不如意十有八九，何况我？不过，Give and take，比起临渊羡鱼，还是退而结网更重要。

从决定自己创业的那天起，我就明白一个道理：不管做什么，一定要有很高很全面的知识素养做基础，就是说不仅要让自己成为一个专才，更要成为一个全才。在一个领域成为专家的唯一途径就是不断学习加实践，毕竟知识是女人最大的依靠和最美的装饰。

大家都知道，我本科学习的是市场营销，研究生专业是国际通商，做护肤品研发可以说是"半路出家"，很多人觉得我的专业跨度就跟跨了个太平洋一样广阔。不过说真的，技多不压身，学得多了不但不会因为跨行产生不专业的问题，反而还能开阔眼界、融会贯通，多学科的知识互为补充，相得益彰。况且，现在这个时代，任何一个行业都不是独立存在的，要想把事业做好都需要具有完备的知识链，化妆品行业更是如此，因此，知识可以说是创业最重要的一个通行证。

譬如我刚开始做原创护肤品的时候，有一次参加关于原料的国际展会，供应商的主管看见我，上下打量了半天说，你们公司的工程师跟采购人员呢？怎么派个销售人员来？我明白，主管这样问，是因为在化妆品行业中，女性大多会承担销售方面的工作，和他打交道的工程师和采购人员往往是男性，所以看到我自然而然就当成

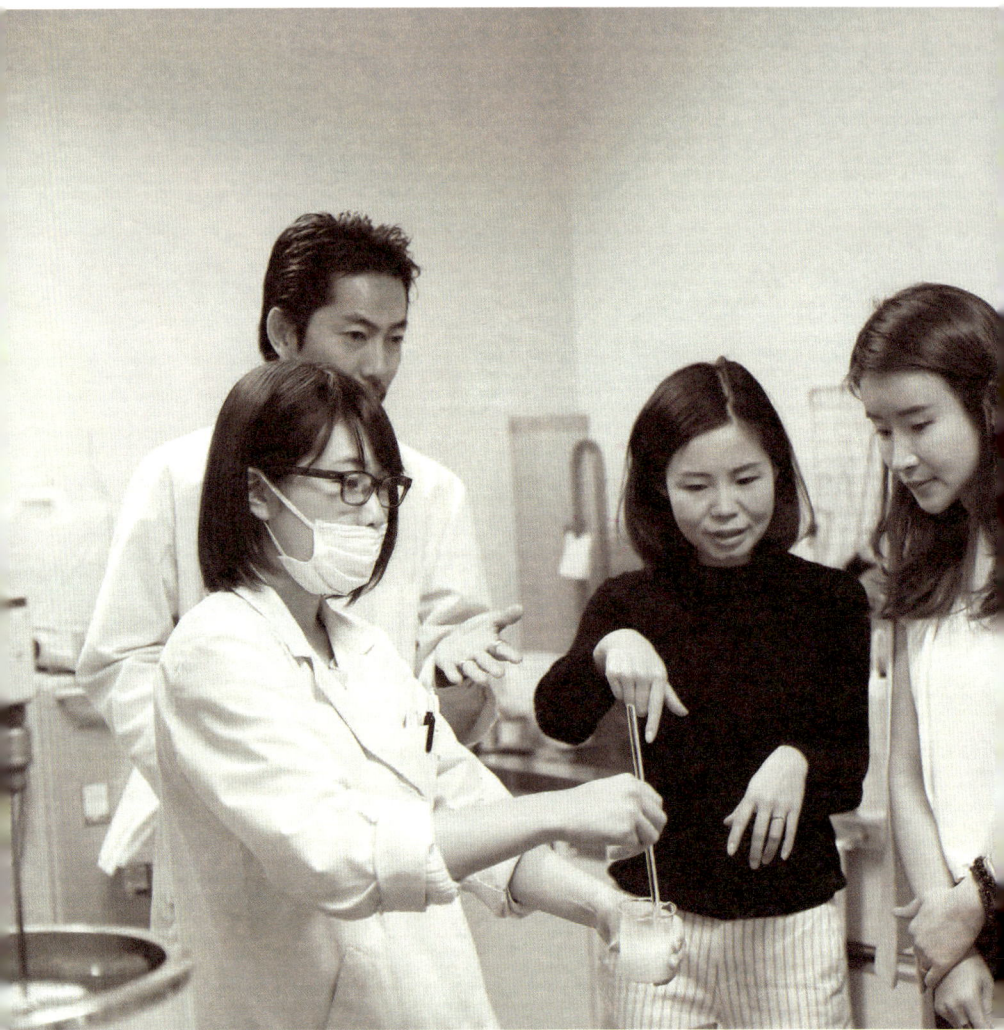

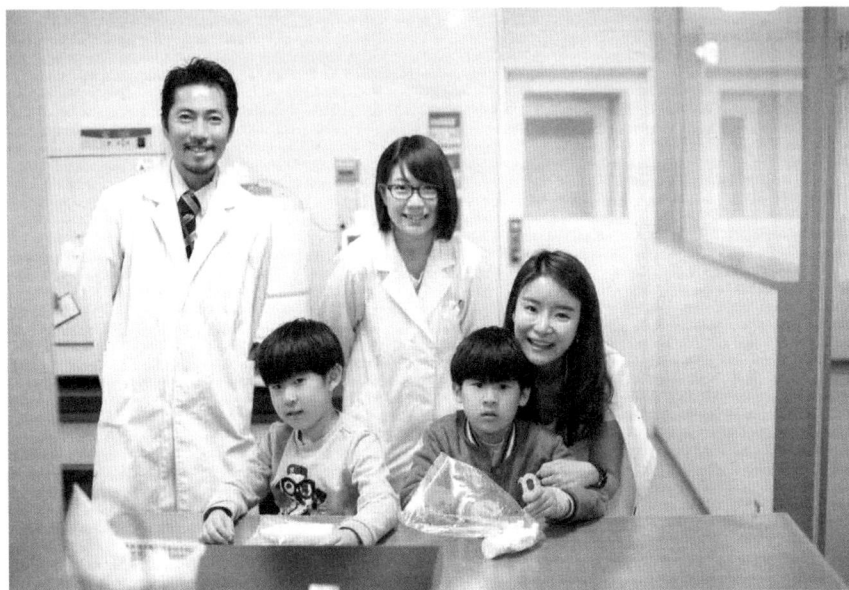

是销售人员了。我默默想了想，从理论上讲，整个"公司"就我一个人，从采购原料、手工制作、客服到装修店铺、打包发货、售后服务我一个人包揽。那么我到底是算哪个职位呢？当时我想起自己做服装创业时也是所有工种一人包揽，辛苦到几乎吐血最后却还是失败了，暗自抹把辛酸泪的同时，也让我坚定了信念，这回一定要做好！对失败的痛定思痛让我变得勇敢，高中时的理科知识和韩国多年美容肌肤管理知识的学习背景更是给了我底气，我挺了挺胸自信出口："我是工程师！"主管听后向我投来半信半疑的眼神。毕竟当时做工程师需要强大的学历背景，且大多数都是男性，主管听后看我一个柔柔弱弱的小女生顶大梁，心里有怀疑也是正常的。不过经过各种专业讨论、沟通之后，他终于相信我的能力了。

其实，不管在哪个行业，只要你有足够强大的知识储备和专业素养，不管你是男性还是女性，都会受到足够的认可。而且，就护肤化妆行业来说，我反而觉得女性比男性更有优势，要知道护肤品的客户绝大多数是女性，女性护肤专家更能精准地体会目标客户所需，可谓知己知彼。

这一点我的老客户最清楚，我最喜欢针对不同年龄阶段、内外在原因造成的皮肤问题研发各种新款护肤品，她们也心甘情愿去做我的"小白鼠"——当然就算客人再信任我，我也不会拿她们当第一只"小白鼠"，一般第一个就是我自己，有时候也是老公、儿子等家人。我之所以对我的产品这么有底气，是因为我所有产品的原料都是大牌原料商供应，更是经过我亲自把关、千挑万选多方比对后才确定，安全性大可放心，所以我的客人对于每次配方调整，都毫无异议，而且还会给我提出很多建议。我每次也都是综合客人的需求和反馈，进行新的调整、打样测试和试用，才会推出新品，并且可以保证新品的使用效果更可靠。因为整个产品的研发知识都在我自己脑子里，我才可以综合客人反馈，不断推陈出新；同时也能根据不同客人情况，对症定制。

慢慢地，我的知识化作产品，产品积攒口碑，逐渐走出了品牌之路。曾经有一段时间我一直因为自己的简玺品牌是从家里厨房做起来的而耿耿于怀，暗暗懊恼再不济当时也该找个工作室之类的，再后来，我发现原来我很尊敬的雅诗兰黛女士也是从家里的厨房开始了全球顶级护肤品的第一步。于是我明白了：只要产品质量有保证，品牌出自高级试验室还是小厨房又有什么关系呢？

不过，要真正做好一个产品已经不易，做好一个品牌更是任重道远，这真的要求我自己是一个全才，要做整个生产线的技术师和把关者才行。当时我从原料选择上就犯了难，感觉脑子产生了不同的分区，分管原料选择的不同知识，脑子里得有百八十个无形的小人在核查比对。比如在产品里加入活性物后会涉及防腐问题，那用什么防腐体系更合适？防腐体系是否是刺激性？安全性如何？再比如玻尿酸的添加要考虑是大分子还是小分子，是植物来源还是动物来源，具体来源于哪里……各种问题我都需要和原料商详细沟通。每天几乎要跟数十个原料商去论证，导致后来我都出现了职业病，回家躺在床上休息的时候，脑子里的小人还在唇枪舌剑，不停地辩论这个原料的性价比高，那个原料的刺激性更小……

另外，原料采购也要我亲力亲为，天南海北到处跑。譬如要去保加利亚买有机玫瑰花水、去日本买草绿盐角草、去法国买薰衣草精油……对于一个产品生产线来说，采购原料只是最原始的一个环节，接下来我们还要考虑更多，比如制作工艺、环境、配方、包材、包装方式、配送方式等等。而这些流程中的任何一环出现问题，就要反馈到我这里，因此我必须对各个环节都十分精通，才能做出最佳决策。

而产品生产出来也才完成了一半的工作，因为我们走的是高端定制路线，需要根据客户的肌肤状态来搭配产品，因此要做的就不仅仅是单纯的销售产品，更重要的是客户的肤质、年龄、诉求、目前产品使用情况，包括购买以后的使用方法指导、不同肌肤问题的不同护理方式、售后跟进……其实还是十分繁琐的。但如果想要精益求精，这些步骤都必须一一把关、深度参与，才能完全保证我的护肤品的质量与效果。没有大家的支持，就没有我的简玺，因此只有为客户想得更多，我们才能走得更远。

其实，从一开始给几十个人做护肤品私人定制，到现在有了自己的护肤品牌，一路走来，最大的收获在于自己的成长和改变。我从自己的经历中领悟到，女人想创业，有激情和兴趣仅仅只是个开始而已，只有具备一个行业扎实的专业知识才能走得更远。而且我自己也很清楚，我还没有足够的资金做全国性的品牌推广，那么就不必好高骛远，而是做最适合也最擅长的高端细分市场，基于天然护肤品，致力于为问题肌肤提供专业定制护肤方案，这就是我的产品定位——这一点，其实是我本科时候营销专业里的知识。

　　基于我个人的创业经历，我觉得女人创业，不需要把战线拉得很长，我建议从小而美开始，首先定位自己感兴趣的领域，同时尽量多地学习这个领域各方面的知识。比如天然护肤品定制需要学习原料、相关植物、生产、肌肤管理、市场营销等专业知识，同时也要了解设计、生产、售后等方面的知识，总之需要有完整的知识链才行。对于产品一系列程序的完美把控是一种能力，我希望自己能成为美妆事业的带头人，成为一个专业知识链管理的女王——怀着四娃的时候我都没有休息，天天跟原料商、总监、代理、设计师不停地开会，我也从"婷姐"变成了"不停姐"——但只要这些能换来大家的肌肤健康，每个人都美美地，我自然也是甘之如饴。

不是甄嬛，也能扛得起大戏

"不是甄嬛，也能扛得起大戏！"

——这话听起来就野心勃勃。

不是我说的，而是出自我身边一个朋友之口——听多了我的创业故事，容我换口气讲讲身边人的故事。磊磊属于那种柔得像水一样的女人。《道德经》里水被指为"天下之至柔，驰骋天下之至坚"。认识磊磊之后，我觉得她几乎是为这句话做了最好的注解：女人像水柔韧有度，遇高温化气，遇低温结冰。女人像水，善于合作，遇粮食成美酒，遇草药变良方。磊磊的职场生涯，就是如此。

十多年前的磊磊，还是个职场"菜鸟"，用她自己的话说，她属于在宫斗剧里活不过半集的"小白"型。但是通过10年的努力，她从一名兼职实习生成为某知名上市公司副总，听上去比宫斗剧还传奇是不是？但其实她一步步走过来的奋斗之路，一点都不传奇。

10多年前，磊磊做了"毕婚族"，一毕业就结婚，且第二年就有了娃，成家立业两件大事，前者可以说是完成得很高效了，至于立业嘛——磊磊一开始倒是没想这么长远。生完孩子半年后，磊磊打算回归工作，毕业于艺术设计类专业的她，当时对工作要求很低，只要在家附近3公里以内、方便照顾孩子就可以，对工资待遇职位这些方面都没有要求。工作的目的也很单纯，就是觉得不能因为家庭脱离社会，希望更多地与人沟通。第一个面试的地方是家附近的SOHU，因为够近，但被告知目前没有名额，只能做兼职，说白了就是非正式员工，晋升机会几乎没有，各项福利也没她的份儿，且工资很低。即使是这样，磊磊也高兴地答应了——不管怎么说，至少可以工作了。

当时是2006年，作为一名互联网公司母婴频道的实习编辑，大多数人恐怕都看不到这个工作能有的大的前途和未来，也就是混混日子而已。但是磊磊暗暗下了决心：既然接了这份工作，就要做好做出彩。为此她利用休息时间，专门报名学了少儿教育，这样既可以对自己的母婴频道工作有所助益，又能应用到自己的育儿实践中，也算是工作、带娃两不误了。

正如我讲过的，学习能力是智慧女人最好的装饰品。通过学习和工作，磊磊发现互联网可以给人们的生活带来惊人的变化。因为工作是网站编辑，她可以及时接触新的网络资讯，甚至还可以通过网络挂号。要知道10年前，智能手机还不是那么普及，网络也不是那么发达，但磊磊却比大多数人更早地进入了信息时代。这一年的工作打开了磊磊的视野，也让她前瞻到了互联网的未来，于是磊磊决定把自己的事业发展方向放在互联网行业。这一点年轻职场人可以学习一下，即使打算多做几个工作积累经验，也要首先选准大行业，譬如像磊磊这样选了互联网行业，就不要再在实体企业或者说其他大行业跳来跳去了。

在SOHU工作一年多后，磊磊发现做网络编辑需要每天对着电脑，而她是喜欢且善于和人沟通的类型，这个工作虽然增长了见识，但并不是最适合她的，因此她在2007年跳槽到了隔壁的网易。网易和SOHU一样，也是互联网行业的知名企业，但工作性质稍有不同，她在网易一开始做的是BD（Business Development），也就是商务拓展，后来调入了市场部。与SOHU相比，网易的两个工作更能发挥她的两大优势：沟通+亲和力。当时磊磊觉得，如果就一直这样做下去，应该也会获得相当不错的发展，不过她很快遇到了其他的机遇。

2009年的时候，汽车事业部的总经理需要一位有亲和力、善于沟通的BD合作经理，找到磊磊问她是否有兴趣。当时磊磊在市场部做得很不错，如果突然换成汽车行业，跨度很大，她作为一个艺术专业毕业的文科生，需要重新学习很多理科机械化的专业术语和知识；况且当时做汽车行业的还是男性居多，她无法预想一个女孩子能闯出什么名堂。磊磊一时犯了犹豫，不知道自己是否适合这个工作。经过慎重思考以后，磊磊觉得市场部虽好，但也算是一个舒适区，如果一直在舒适区人是很难进步的，最终她还是决定去探索更多的可能。于是，抱着学习和挑战的态度，磊磊去了汽车事业部。结果，事情远远超过她的预期，她发现自己对汽车行业很感兴趣，而且把互联网与之结合非常有前景，可以说是遇到了值得自己奋斗终生的事业——汽车互联网。怀着对新事业的无限热忱，磊磊学起新知识来真是如饥似渴、热情满满，很快就成了这方面的专业人士。

磊磊的状态可以说是为理想奋斗的典型了：全身心投入到自己热爱的事业中去，每天都有使不完的力气，慢慢让自己越来越进步，最终用专业和知识成就自己。很快，磊磊从 BD 合作经理升职到主编，事情到这里也许可以算是个完美结局了吧？

　　并不是。因为这个时候，在汽车互联网方面有独到眼光和高度前瞻性的磊磊发现，当时的网易主营业务是游戏，在汽车这个领域的垂直性不够。换句话说，这个她当初惴惴不安唯恐自己不能胜任的工作，如今已经无法容下她的野心供她施展了。

　　于是，在网易汽车事业部 5 年后，磊磊跳槽到易车网——中国最早在美国上市的汽车垂直互联网。到了易车网，磊磊几乎可以说是飞鸟入林、蛟龙入海，有了更大的施展空间；而对于易车网来说，一位有极强亲和力和沟通力、有丰富市场经验和行业专业知识、同时又具备战略思维及前瞻性的人才，企业怎么会拒绝？到了易车网没几年，磊磊已经做到副总级别。

　　迈克尔·波特在其《企业创造共享价值》中提出，企业完全可以通过创造"共享价值"，在推动社会进步过程中取得自身发展，这句话用在个人身上亦然。人们总说男人靠事业征服天下，女人靠征服男人赢得人生。我想换个说法，女人需要征服的，只有自己的野心而已。一个能供养得起自己野心的女人，还有什么扛不起来？

　　回顾磊磊的蜕变之路，从小白到副总，没有钩心斗角，也不是什么反派女二号、黑化女主角，就只是一点一点提高自己，照样可以扛起一部大戏！其实从我自己创业和磊磊的经历来看，可以发现一些微妙的共同点，第一，找到一个自己热爱的且能激发热情的行业。第二，充分利用知识链条，未来是专业人的未来，作为一名事业型女性，唯有专业技能和职业素质兼备的专家才能在全球化经济社会中站稳脚跟。第三也是最重要的一点：如果真的想做成一件事，就要一直坚持下去，哪怕只是像我一样在自家厨房里做护肤品，但既然要做，就要做到极致。因为，那些用心积累的小精致，那些微不足道的坚持，最终会丰富我们的人生，带来聚沙成塔式的改变。

Chpter—3
Travel

第三章

旅行

——巴黎的夜色会比伦敦的美吗？

——你要自己去看看。

旅行，是不同的人生轮回

我是个坐不住的人，工作不那么忙的时候，就喜欢到处走走玩玩，逛逛吃吃。每次离开熟悉的环境去陌生的地方，认识有趣的人，体验新鲜的文化，总有经历第二种人生的感觉。我觉得每一次旅行，都像是给自己的人生开了个副本，玩够了就再回到主页，在主页上累了就去体验一下副本的生活放松一下。这样的切换，会让我觉得生活永远充满乐趣和新鲜感，简直像是不同的人生轮回一样。

旅途中，最能够震慑人的大概就是大自然的美景了。很多时候我都会不由自主地感叹，大自然真的太奇妙，有生之年能看到这样的景色真是太幸运了！比如冰岛，那里雄伟的瀑布和复古的火山岩让人不由得感叹大自然的鬼斧神工。在冰湖里，很大的冰块顺着湖水漂下来，给人一种苍茫的感觉，甚至还有一种原始的死亡般的苍凉。就跟很多人说的那样，冰岛是世界开始时的样子，也是世界结束时的样子。火山与冰川相连，恢宏与苍凉相接，上演着伟大自然与渺小人类之间的对比。

站在这片土地上，内心会不由自主地涌起一种对生命的敬畏。静与动，冰与火；散养着的羊群，天海之间的海鹦，无一不体现着生命初始的自由感：天地生万物，万物衬天地，大自然和人之间和谐得像一幅画。

冰岛这个地方，让人每一次离开都想着下次一定要再来，这里有自然与人的交融，有外来客与本地原住居民的互动，就算你满心浮躁，这里的恬静也会让你彻底放下，好像有一种很神奇的净化心灵的魔力。在冰岛，除了个别大都市之外，每个"城市"几乎都可以说只是一个小镇而已，斑斑点点地自然散落在天地间，没有宽阔的水泥马路，也没有高楼大厦和车水马龙，只有无限地靠近自然。在北欧，人们晚上很少用彩灯装饰建筑物，一是为了节能，二是避免造成"光污染"，破坏夜色的自然。所以在这里，晚上我们看不到多少灯光，只能看到满天的繁星和远处的极光，美到极致。

冰岛这个神奇的大陆，真是让人感慨万千。记得当时我们在冰岛自驾游，开了3个小时的车，只见到雪，那里地广人稀，鲜少见到人，一路上只碰到了两辆车，有一种回归原始的苍茫感。记得当时是1月份去的，11点太阳才升起来，下午3点就下山了。风把雪吹起来，前面的路若隐若现。天上的云绮丽多彩，夕阳西下，晚霞出来，映出一片通红，远处的云和雪连成一片，美轮美奂。太阳不高，车开在山上，感觉就好像开在天上。置身于这样广阔的天地之中，不由自主会对大自然产生一种深深的臣服感和依恋感，觉得我跟我的同伴都不过是原野上的些许点缀，和奔跑在原野上的羊群、马匹没什么区别。

冰岛的自然奇观，给我们很强的代入感，很容易让人产生天人三问。去思考人生：如果我出生在这里，生活在这里，会有什么样的人生……这里的景色会洗礼自己的灵魂，改变我们的世界观，来这里旅游就像是进入了一个平行世界，经历了另一种自然的、苍茫的、更加广阔的人生。

在我看来，旅行是不同人生的轮回，更是对生命最好的加持，它会让人懂得敬畏，让人看到地球之上与自己截然不同的人，看到你不曾见过的美景，感受到你不曾设想过的人与自然的和谐及美好。

比如我们之前在新西兰凯库拉海钓的经历，就刷新了我对人与自然关系的认知。当时我们在船上一边钓龙虾一边狂吐，船长很淡定地把吐出来的秽物直接往海里一倒，把我们看得目瞪口呆，他笑着解释，这点呕吐物对海洋来说不算什么。他用海水把盆子涮了一涮，继续给我们吐，同时很风趣地告诉我们："我刚开船的时候也吐，吐了2年后就不吐了，就觉得自己跟这里很熟了，海已经接受了我。"后来我们捞上来的龙虾大小不一，船长会拿标尺逐一测量，不到标准的小虾，全部扔回海中。还有无意落网的小鲨鱼，船长让我们饱了眼福以后，也放回大海了。在那里，大家可以自己去海里捕鱼，我们看到好几个地方都允许去抓鲍鱼的，不过每次都有数量限制。每个岸边都可以看到一个牌子，上面告

诉你这里可以捕捉到什么，只能捕捉多少只，等等。感觉凯库拉不同于冰岛那边，人们几乎完全顺应自然的生活方式，而是合理规划，有口腹之欲却不贪婪，使得这片海域成为多种生物群种生息繁衍的地方，多样的物种也会用不断繁殖回报人类——这是人与自然的另一种和谐。

当初在冰岛的旅程，对我还有另一个影响，那就是让我爱上了自驾游，因为可以享受自由的感觉。如果出去游玩还要坐在旅游专车上像小学生听课一样听导游给你讲他背了无数次的说辞，那得多无聊。对比之下还是自己开车去探索更有意义一些，开着车欣赏窗外风景，想看流云就开快点，想看落花就开慢点，一路的美景不需要别人灌输给你，带上双眼自己看就好，你永远不知道下一秒会看到什么样的美景，所以一路都带着期待，说不定下一个转弯就有惊喜——这才是旅行的乐趣所在。

说起来，新西兰应该是最适合自驾游的国家，开车走在宽阔的大路上，内心会涌起"天高地阔任驰骋"的豪迈感。每次开车走在公路上，美景在两旁肆意展现，都觉得心情很放松。在自驾游的时候，我注意到新西兰有非常多的单边桥，也就是说只能允许一辆车通过，不过每个桥前面都有指示，会出现两个箭头。如果我们方向的箭头是大的，就说明对方要让行；反之亦然。但我上桥之前还是觉得很头痛，这不是摆明容易起冲突吗！谁知道走了几次单边桥后，发现根本没任何问题，首先这里人口密度比较小，车很少，车与车在桥上相遇的概率很小；再者大家确实都很守规矩，该让就让了，没啥好冲突的。

在新西兰，除了走单边桥，我还尝试了一种新玩意儿，叫skydiving（高空跳伞）。这是一种安全的极限运动，就是人坐飞机到高空然后自己带着降落伞跳下来，分三个等级，9000 米、12 000 米和 15 000 米。我跟自己说，人生难得有这种体验，要跳就跳最高的！看着飞机越来越高，其他选择9000 米和12 000 米的人都纷纷跳了，我也开始不安和恐惧，我在想，我不会这么倒霉跳下去摔死吧！但是这时我被教练推到了机舱口，已经不允许再考虑了，心一横就跳呗！我按照飞行教练的指导一步步进行，手势—确认—出舱。从 15 000 米高空跳下飞机的那一刻，恐惧感消失了。紧接着到来的是一分钟自由落体，风打在脸上有很强的刺痛感，快速的气压变化让患有慢性中耳炎的我感觉耳朵生痛。但为了拍出完美照片，我还需要不断摆出各种POSE（拍照姿势），这让我真切感受到了为什么这个运动叫 skydiving。一分钟后，教练拉开了降落伞，眼前地平线和天空连接，降落伞在不停地旋转，我感觉整个大地也在不停地转动，话痨的教练还不断和我聊天，延长了我的飞行时间，后来我很想吐，和教练说不能继续了，教练才让我下地。短短几分钟时间，这场很英勇的壮举，结局是——我去厕所狂吐了一番。

回国后朋友们知道我去跳伞了，都很佩服我的胆量。其实这也没什么，我就是喜欢探索未知领域，喜欢挑战。面对新事物，总觉得要去试一把才了无遗憾。其实我知道自己可能会吐，因为我的平衡能力很不好，但是尝试新鲜事物对我而言是最酷的事情，为了那跳下来的一分钟的酷爽，就算吐到天昏地暗也值得！

后来每次遇到困难的时候，就会想到自己高空跳伞的经历，人生不正是一次又一次的尝试吗？越尝试越勇敢，越尝试越洒脱。不管做事还是旅行，挑战自己才精彩。

听花语 or 爱玩命？要的就是不同

我一直觉得，读万卷书是心灵在别人的思想中旅行，行万里路则是身体带着心灵双重旅行。人经常会因为对所处的环境太过熟悉而受困其中。对于只会舒舒服服待在井底的青蛙来说，当然不用担心外来的侵袭与纷扰；但人如果只满足于坐井观天，就无法跳出自己狭小的天地、无法得到成长。而我，愿意接受不同，愿意接受不一样的状态，去寻找下一个更美的出口。所以我既喜欢悠闲自在，也喜欢极限刺激，很乐意远离自己的舒适圈，去不同的地方体验不同的感觉——而旅行，恰好能满足我。

旅行，我不喜欢走马观花的方式，那样玩不好，也不能体会到当地最真实的文化。在我看来，在任何一个美丽的地方匆忙来去都是对美的不负责任，跑得多不如看得深，所以我每次在制订旅行计划的时候，列入计划中的地方不会很多，但给每个地方留的时间很长，这样就可以在每一个喜欢的地方悠闲地游玩，把时间都留给想玩的地方，而不是浪费在往数个地方奔波的路上。

说到悠闲的地方，最先想到的就是普罗旺斯，小镇的房子都隐在周围的花草中，走在路上，空气中充满了薰衣草、百里香、松树的香气，郁郁葱葱的绿植覆盖在房子上，置身其中仿佛走进了童话故事中精灵居住的城堡。住在小镇酒店里，每天早上客房的花瓶中插满新鲜的花儿，服务员会剪一朵放到我们的洗脸盆里面，清冽冽的水上浮着鲜花，一下子让人变得尊贵感十足。而这种尊贵感来得自然又舒适，现在想起来也回味无穷。

有时候我们也会租住在普通民宅，主人在自家的后院种满薰衣草，每天把薰衣草剪下来放到花瓶里去。他们注重生活品位和居住环境，屋外是花草树木，屋里则收拾得干净整洁，住在里面真的是心旷神怡。有的人家还会喂养一些小宠物，如刺猬、小猪、小狗等，可爱极了！

总之普罗旺斯给人的感觉是美好、恬静的，我想人们常说的岁月静好就是这样子吧。这里的人们也很享受这种生活，但是对我来说，只在这儿休息几天还好，如果长久住下去，就会觉得有点儿闷，因为我总是想去更多的地方"浪一浪"——比如去西班牙看看另一种美。

西班牙颇负盛名的景观是教堂建筑群，其建筑文化璀璨而厚重。比如巴塞罗那圣家族教堂高耸入云，虽然还没有竣工，但已气势初显，非常的雄伟。并且该教堂已被联合国教科文组织选为世界遗产，教堂是用数不清的石头雕刻出来的。圣家族教堂远观非常震撼，近看更让人惊讶，其每一块石头上花纹的雕刻和排布都经过了精心的设计，每一处细节都经过了科学而严密的考量，以形成最融洽的雕铸图案……体量巨大，工序繁复。由此我们也不难明了，为什么这座教堂尚未完工，就吸引了无数慕名而来的朝圣者。据说，建造这个教堂的团队已经是第五代人了，这让人不得不对教堂的设计和构思者安东尼奥·高迪佩服得五体投地。

当初设计的时候，他就知道这是一项此生无法完成的工程。虽然他自己在有生之年无法看到教堂落成了，但他还是极尽严谨和想象力，设计了这座数代人才能完成的建筑奇观，真的是天才一般的人物。现在看来，这样一个世界奇观，确实值得用数代人的心血去缔造。

其实，旅途中更多的风景不是刻意发现的，无意中遇到的风景也许会更别致。现在生活在都市快节奏状态中的人，心中都预设了一堵以阶级或地位或名望堆砌的墙，不轻易打破，不能友好地敞开胸怀真诚地接纳别人。但旅行就不一样，大家萍水相逢，却能真诚相待，不需要任何的城府，这样也更能发现生活的美。

比如有一次在新西兰，我们去了当时全球十大 hiking（徒步旅行）圣地，本来我是没有打算徒步的，但是天气那么好，觉得不能辜负，于是就穿着拖鞋和先生出发了。一路上，我们看见老外们全都穿着专业登山服、登山鞋，甚至连登山棍都准备好了，我呢？一条牛仔裤、一件防晒衣、一双拖鞋，就这样直接跟着那些人走。本来并没有打算走多远，奈何景色太美，一边走一边拍照，不知不觉居然到了终点，也就是冰川湖水那里。我和我先生在终点遇到了来自欧洲的一家人，他们看着我的"装备"，觉得很不可思议，直夸我"很有勇气"，还要求跟我合影——因为我的拖鞋在一众登山鞋里实在太拉风了，他们都觉得那是双有故事的拖鞋。说起来我跟这双拖鞋真算是蛮有感情的，当初是在新加坡买的，后来它陪我去过世界上很多地方，几乎是我出游的必备装备。

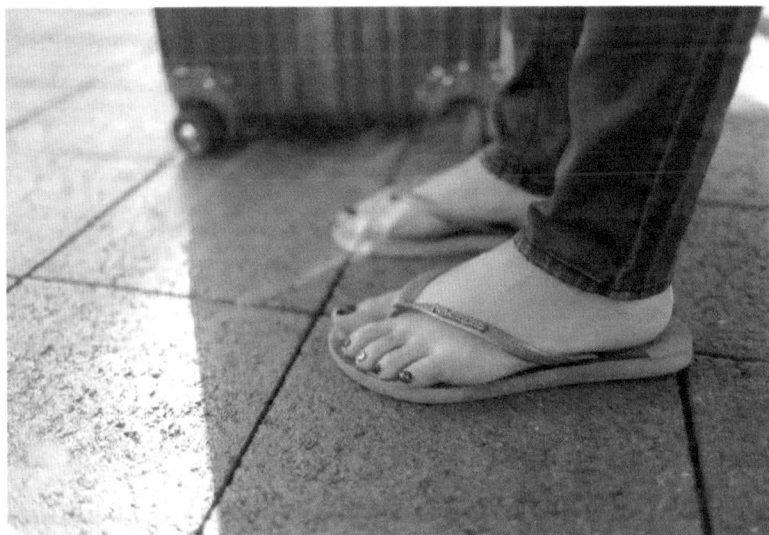

对我来说，穿着拖鞋远足爬山那都是小意思，旅途中当然要做更有意思的事。比如那次在奥地利，我想去跳伞，不是那种高空飞机跳伞，而是一种 paragliding（悬崖跳伞），也可以翻译成滑翔跳伞。我先和教练 Tom 一起坐缆车上到山顶，教练会先把伞铺开，等风向对了的时候，他就冲我大声喊 "Run!Run!Run!（跑！跑！跑！）"。这时我必须拼了老命往悬崖跑，伞才可以被拉动起来！可是我发现逆风的情况下，我根本就跑不动，加上扯着那把伞，简直就是在原地踏步！幸好有 Tom 在，他跑着帮我拉起了伞，最后我们终于一起跳下了悬崖。我觉得，这个比高空跳伞更舒服，因为可以坐着，而且飞的高度不是很高，气压差不大，另外就是价格要便宜很多，因为不需要飞机送上去。没想到 Tom 教练和我是一样的想法，他笑着告诉我：他玩这个而不玩 skydiving 的一个重要原因，正是 skydiving 每次上空费用太高了——看来在省钱方面，教练和我也算是知己了。不过对我来说，高空跳伞和滑翔跳伞也有共同点，就是我都会吐！和 Tom 在空中聊得太开心，后来他还带我去看了雪山，让我自己掌控方向，就在他玩得开心时，我丢过去一句话："我要吐了！"他这才反应过来，说忘记我是新人了，一般新人玩这个，第一次估计 20 分钟就够了，我玩了 40 分钟，时间确实有点长。

虽然最后玩吐了，但我还是喜欢这样的项目，因为更刺激！不过比起刺激的体验，更让我印象深刻的是看到一个坐轮椅的阿姨也来玩跳伞，看样子大家都跟她很熟悉。因为这个小镇是跳伞胜地，居民又不多，很多人都把跳伞作为日常娱乐，阿姨经常自己推着轮椅过来玩。大家见了阿姨都很随意地和她打招呼，也没有因为她的腿就特别关照她，只是很开心地聊天，然后帮她铺了一下伞，其他的准备都是阿姨自己弄——一切都很自然。我当时就觉得，像对待普通人一样地对待她，这才是对阿姨最大的尊重。我想起以前在一本书里读到的话："旅行会告诉你，宽阔的世界中，你用勇气寻找出口，就会发现自己有一双翅膀，不必经过任何人同意就能飞。"这段话虽然简单，但含义深刻，真的很适合这位阿姨。

回来后，很多朋友看我玩跳伞的照片都觉得很刺激，但也很担心地问我：你不怕掉下来摔死吗？怕！我当然怕！我是最怕死的了，不过极限运动不代表危险，因为这些发达国家的极限运动史比较长，因此对极限运动所用的设备和相关程序等都规定得相当严格。比如教练 Tom，他在做教练之前，已经有 10 年以上 4000 多次跳伞经验了——而这个水平，只是做教练的初始水平而已。其实我胆子很小，只敢在有保障的地方做极限运动，以最大限度地保证安全。每次做极限运动的机会难得，对我而言可以说是一次新的生命体验。

回看我旅途中走过的地方和玩过的新鲜花样，几乎每次都有新收获，每一处都有不同的感受，比如普罗旺斯就是温和散漫的花语世界，西班牙有一种大气磅礴的美，新西兰远足给人的感觉新鲜别致，而在奥地利则是体验生命的刺激……走出去，各个地方都有自己独特的美，而旅途的目的，不就是体验这种不同吗？

走出去，是为了发现不一样的世界

常听人们说起，中国人用相机旅行，外国人用眼睛和心旅行。这话多少带了一些偏见，毕竟没有谁证明过爱拍照的人就一定不会用心旅行；再说拍照本身也是为了记录美好的旅行瞬间，这样等回来以后也可以经常回味。旅行中我发现，其实很多外国人也喜欢拍照，尤其喜欢自拍发到 INS 或者 Facebook 上，其实跟我们自拍发朋友圈是一样的！所以文化其实是相通的。不过走的地方多了也会发现，不同的国家和地区文化差异还蛮大的，如果你不了解当地文化的话，有时候就会出糗。

比如，有一次我在德国南部小镇 Füssen（菲森）租车，趁着在办公室等车的时候想去洗手间，一位热情的工作人员给我指了一个方向，我看到那里好像有扇门，外面是个小草坪，这意思就是厕所在外面呗！我立马跑过去，开门一看这片小草坪上根本就没有路，我当时也犹豫了一下：可不可以踩呢？但是想想，应该就是走路的，刚走上去，突然不知道从哪里冒出个老人家来，不高兴地跟我说着啥，虽然听不懂德语，但我也马上反应过来是自己不小心闯入别人的领地了，于是赶紧道歉离开。我真心不知道他们院子之间连个篱笆都没有！所以，大家以后出去要小心，不要误闯了人家的私人领地，如果发现不对，要记得赶紧道歉。

还有一次，也是在德国，我们周末去坐火车，之前还在想要不要早点去排队，但因为大家起太晚了，所以就只好看运气了。结果等我们到了火车站，发现这里根本没有想象中的人山人海，更让人傻眼的是，整个火车站空空荡荡，除了我们几乎没什么人。打听之后才知道人家周末休息！这时我突然怀念起国内人头攒动的火车站了。幸好我们在火车站外面发现了几个自动售票机，但让我们崩溃的是上面都是德语！就在我们几个人抓耳挠腮疯狂地用翻译软件一个字一个字翻译时，一个德国老爷爷走了过来，他看见我们和自动售票机大眼瞪小眼，估计是明白了我们遇到的问题，于是主动走来问我们是不是需要帮助。我们大喜过望，觉得老爷爷简直就是上天派来拯救我们的！但是简单交流后，我们发现老爷爷只会一点点英语，比如"你好""需要帮助吗"——这几句口语已经是老爷爷所有的"存货"了。于是，在接下来的沟通中，我们只能和老爷爷连说带比画，但最后还是谁也听不懂谁的话。当时我们觉得上天明明给我们送过来一个这么热心的老爷爷，却没有给他加持英语技能。不过在几个朋友研究后，我们终于发现，自动售票机可以切换到英语模式，于是我们赶紧谢过老爷爷，说我们自己可以搞定。但老爷爷不明白状况，坚持说要帮我们，并说他妻子英语很好，一定可以提供帮助，而且说他就是过来接自己妻子的，一定要我们等他妻子来。最后在我们的一再解释下，老爷爷才放弃了对我们的"帮助"。不过直到现在，想起那位可爱的老爷爷我依然觉得很暖心。

车和人谁让谁的问题也是一样。比如我在刚出国和刚回国的时候就经历了一场"culture-shock（文化冲击）"。在国内过马路，大多数时候是人让车，但是到了法国乡下我发现，车会在很远的地方就停下来等你，因此再回到国内碰到人让车的时候就会觉得特别不适应，很多人还会牵扯到国民素质的问题。但仔细想想，这个无关素质，只是国情不同而已。你想法国那边车少人也少生活节奏慢，让一下不会有什么影响，但是国内车很多，而且特别容易堵，尤其是高峰期，车行进得非常慢，让一下影响后面一大片。另外后来我还发现，来中国的法国人开车也不让行人，而中国人到国外开车也会让行人，所以这个问题真的无关素质，只是国情不同罢了。

还有看红绿灯的问题，在国内车辆大都比较遵守红绿灯规则，有时候行人过马路会闯红灯，但这也是有原因的，因为很多红绿灯时长太短，同样的距离，车可以在 20 秒内过去，行人就不行。在国外，我去的大多数国家都是遵守红绿灯规则的，但也有的国家不在意，比如土耳其车和人都不怎么看红绿灯。另外大家对应急灯的理解也有差异。比如有一次在冰岛，我们把车停在路边，因为没有停车位，我们就按照习惯打了应急灯。结果好多车停下来问我们是不是出事了，是否需要帮助。我们这才知道在冰岛应急灯是不能随便打开的。所以我觉得很多时候文化差异是国情造成的，跟当前的经济、社会情况甚至交通规划、习俗等有很大的关系，并不能一味苛责国民素质。

除了文化差异，去旅行还可以发现很多不一样的美。比如有一次我和我妈还有我两个儿子（当时还没有生老三和老四）一起去新西兰小袋鼠农场，在那里见识了不一样的小动物——wallaby（小袋鼠），以前我老是会把这种 wallaby 小袋鼠和 kangaroo（拳击袋鼠）搞混，来到这边农场才知道，wallaby 更小更温和，而 kangaroo 就是很威猛的那种了。我在网上专门查过，看了 kangaroo 的各种肌肉，果真是非常强壮，而且对人类有攻击性，从此我便开始畏惧它们了——不过 wallaby 就不一样了，它们属于可爱型。我们去参观小袋鼠农场，主人是一位老奶奶，她要求我们进去之前要干干净净地洗手，我们按照幼儿园教的方法，认认真真洗了手，用了挺长时间，老奶奶对我们的洗手态度似乎感到很满意。

进去以后我们发现，老奶奶给每个袋鼠都取了名字，在我看来这些袋鼠真的没啥区别，也就是有的口水流得多有的口水流

得少而已。不一会儿，老奶奶给了我们一些袋鼠食物，说可以去喂——原来刚才让我们认真洗手是因为现在要喂袋鼠，怕我们手上脏，有细菌的话袋鼠吃了会生病，老奶奶对袋鼠真的是太疼爱了。我二儿子特别开心，被小袋鼠流了满手的口水还是兴致勃勃地给它们喂食。但是我妈妈就不行，虽然小时候家里喂了不少动物，比如猫啊狗的，但她闻到小袋鼠的体味，还是忍不住想吐，赶紧逃出去了。喂了一圈袋鼠以后，二儿子意犹未尽，被我强制拉回小屋，考虑到他们满手的小袋鼠口水，我反复给他们洗手。老奶奶看见了说，不用拿肥皂洗，很干净的。同行的朋友给我翻译她的意思就是，袋鼠比人干净。然后老奶奶兴高采烈地说要给我们一个惊喜，让我们坐到椅子上，闭上眼睛。我们乖乖照办。等睁开眼睛的时候，发现老奶奶居然抱过来一个小袋鼠宝宝！老奶奶对袋鼠宝宝小心翼翼，真的当作自己的孩子一样爱护。看到袋鼠宝宝，二儿子当然是超级开心，在老奶奶的陪伴下和袋鼠宝宝玩了很久，最后我们都要离开了，他还和袋鼠宝宝约定下次再来看它。像这样的农场之行，虽然没有吃到什么美食，没有看到什么绚丽的美景，但两个儿子和小袋鼠玩得很开心，我觉得不虚此行。我的愿望其实很简单，让他们多见识见识不一样的风土人情，长大后眼界就会开阔很多。比如像这样从小让他们多接触小动物，长大后再亲近小动物就不会害怕和排斥。

话说回来，旅行除了可以体会到不同的文化，更重要的一个收获就是可以吃到很多别致的美食。作为一名重庆妹子，我属于典型的吃货，每次去一个新的地方，我都会很认真地查找当地的美食攻略，我一直认为，到一个完全不了解的地方比去一个完全熟悉的地方更有趣，因为可以吃到跟平时不一样的美食，想想就觉得很有诱惑力。虽然有时候也会被味道奇特的黑暗料理打击到，但没关系，我会被其他更好吃的美食治愈。我觉得，其实很多时候味道好不好不是最重要的，关键是一种新鲜的感觉，一种新的人生体验。人生简单总结，不就是"食色性也"吗？

关于旅行中吃的故事，我可以说上三天三夜。比如有一次，我去西班牙喝一种汤，这个汤据称有百年历史，曾经得到过西班牙皇家的称赞。于是我们晚上6点就赶去店里打算尝尝，结果到了那里却被通知，人家还没有开始营业，得等着，因为他们7点才开门。我顿时深深体会到了西班牙的节奏比我们慢太多，他们是属于晚睡晚起的休闲型。听说靠近西班牙的葡萄牙也差不多是这样的作息。所以我后来为了吃还摸透了附近国家的作息时间，比如一般在意大利的罗马和法国的巴黎，早上5点就有早饭了，不过最好是6点去吃，因为去太早的话有些菜品还没有做完，去太晚的话有些菜品就不新鲜了。而西班牙早饭时间就要推迟到八九点，甚至有的早餐店开到11点，如果去的晚，午餐钱都省了。

旅行中最开心的事，就是他乡遇故知了。比如我之前在首尔

国立大学读书的时候，认识了一个叫 Stephan 的欧洲留学生，高高大大，是个非常友善但有点小害羞的瑞士小帅哥。当然，那是十几年前的事了，后来再见到他时已经是帅大叔了。当时我和我先生去瑞士因特拉肯的时候，刚好路过瑞士的首都 Bern（伯尔尼），就和 Stephan 约定好了见面。之前我一直傻傻以为瑞士的首都是日内瓦，Stephan 告诉我，千万不要在 Bern 说日内瓦是瑞士首都，这里的人民会不高兴——大家以后去 Bern 的话可一定要注意了！当初我们在首尔留学的时候，我曾邀请 Stephan 和另外两个墨西哥女孩一起来我家吃火锅，用的是我千里迢迢从重庆带去的火锅底料。吃之前，两个墨西哥女孩信誓旦旦表示："我们墨西哥人什么都吃！我们的胃是铁做的！"后来开始吃的时候，她俩被重庆火锅的口感彻底征服，忍不住兴奋地大叫起来。因为重庆火锅（他们叫 hot pot）口感不仅仅在于辣，更重要的是麻！当时他们仨嘴唇被辣得发红，舌头被麻得尝不出味道，但还是一口接一口地吃，用他们的话说，中国火锅简直是带"魔法的毒药"，让人根本停不下来。哈哈，他们如果以后来重庆游玩，肯定会觉得幸福得不行，因为那里满大街都是带"魔法"的火锅。当时吃完重庆火锅，Stephan 说他们瑞士也有火锅，下次一定要请我吃 Fondue（奶酪火锅）！这次我去瑞士，果然如愿——虽然当初的约定已经过去了 10 年，但 Stephan 还记得很清楚，很认真地带我们去找好吃的奶酪火锅。一开始进了一家店，他考察之后觉得不够正宗，于是坚决要换一家，因为他坚决一定要给我吃最地道的Fondue！后来千挑万选终于找到了一家Stephan认可的店，我才知道原来他们的火锅是奶酪锅，吃起来很简单，就是把吃的在奶酪里面蘸一下，当然没有我们辣到失去味觉的中国重庆火锅吃起来过瘾，不过味道也是很独特的。席间Stephan看着我们吃，有点忐忑不安，一直问："好吃吗？合你口味吗？"说实话蒸锅奶酪对一般人来说确实是个挑战，还好我本身就很喜欢奶酪，所以对这种新鲜的味道——当然是选择美美地吃掉了！

我讲了这么多美食、美景，其实总结起来不过是一句话：去旅行，就是为了发现更多不同的东西，开阔自己的眼界，充实自己的生活。所以，如果有时间有精力，不如试试走出去，相信你会发现很多意想不到的美。

要洒脱，也要长点心

说到旅行，谁不想吃好、玩好、住好呢？可是旅途中往往会出现很多问题。张爱玲不是说过嘛，"生命是一袭华美的袍，上面爬满了蚤子"。我在旅行中深有同感：旅行的路上我总是很兴奋，满心欢悦，但也总会遇到一些小烦恼让我的快乐打折扣，这是无法控制的，所以保持乐观洒脱、随遇而安的心态才能以不变应万变。

我经常跟朋友们开玩笑说，旅行带一双脚不够，还需要带一对"风火轮"，这样遇到航班中转时间紧迫才不至于延误；旅行需要带很多个大脑，才可以随时应对各种突发状况；旅行带自己的个性不够，还要具备与人互动的能力，这样才能在面对小摩擦、遇到不愉快的时候轻松化解。

比如我上次去新西兰，在奥克兰机场登机安检，当时带着两个孩子，我把3张机票和3本护照放在一起递给了安检员，没想到安检员生硬又粗鲁地对我们说："这样不行，要一个护照对应一个机票，重新弄。"为了不影响后面排队的旅客，我立刻站在旁边快速分拣3个人的护照和机票。当时以很快的速度整理完毕，重新递过去的时候，结果安检员不接我们的，而是命令我们重新排队。当时我们可是好不容易排了长长的安检队才走到这儿的！我一听很不服气，所以据理力争，"明明已经排过来了，整理的时间也不长，何况别的机场是可以合在一起安检的，你们的新规没有提前告诉我，为什么要让我们重新排队？"安检人员并没有放松态度，仍旧不肯接我们的护照和机票。考虑到不能因为我们的冲突给后面的旅客带来不便，更不能在众目睽睽之下影响了仪态和形象，又想到很可能是这个安检员自己有不开心的事，所以会有一定的情绪。于是我忍了没说什么，去重新排队。第二次排到安检口时，她问我是否 OK？我面带微笑回答，"是的，谢谢！"

若是以前，我肯定会非常生气，说不定还会投诉那个安检员，但这次我没有。坐在飞机上看着外面层层叠叠的云朵，内心涌起满满的自信。我在想，吵架或者生气是因为内心不够强大或情绪不够冷静，并不是因为那个事情本身有多么严重，所以能够掌控和管理自己的情绪也是一种能力。再说，旅行的目的是开心，不要因别人的态度影响自己，与其耿耿于怀，不如洒脱一点，不在不必要的事情上浪费时间和心情。

当初我去冰岛自驾游的时候，见到了在穷游网上认识的小陈，那时候他是个留学生，很喜欢一个人旅行，有时候也和一些素未谋面的驴友同行。他告诉我，和陌生人相见，可以放下城府畅聊。因为大家只是萍水相逢，相聚之后很快就各自离开，这样的情况下，可以说出平时说不出口的话，大家的对话也会变得更加纯粹，不用顾忌背景、利益，往往能坦诚相待，所以陌生人之间也常常很能聊得来。

小陈认为，旅行开阔了他的眼界，正是在不断的旅行中，他才形成了现在的世界观。就说搭讪这件事，小陈作为男生，一开始也是有警惕心的，但被搭讪次数多了他发现，其实世界上也没有那么多的欺骗。不过他还是提醒我说，防人之心不可无——尤其是女孩子！

旅行中当然可以洒脱一点，但很多时候也要长点心，准备阶段多做攻略，可以省却旅行途中的很多麻烦。比如女孩子出国旅游，一定要好好查看旅行攻略，说走就走的旅行其实并不实际，安全才是第 位的。小陈说有次去希腊单独旅行，碰到有个人来搭讪，那人应该是北非或者土耳其附近的，他告诉小陈有个地方风景很好，可以带他去，小陈没多想，跟着那人就走了，到了才发现不是去看什么风景，而是进了一个酒吧。那个人热情地表示和小陈很投缘，要请小陈喝酒，但小陈没有失去警惕，陌生人莫名其妙请喝酒，肯定不能接受。于是小陈找了个理由立马撤退。这让我想起在韩国留学时遇到过一个留学生，她告诉了我她在菲律宾被骗的经历。那时候她和一个女生迷路了，有个警察主动过来帮助她们，把她们带到一个类似茶馆的地方，请她们喝茶等待，她们也没多想，结果喝完茶，她和同伴就都晕了，醒来后身边的财物全都没有了——她们这才反应过来，那个警察是假的！不过也是万幸，两个姑娘只是丢了财物，人身安全没有受到伤害。

听完我的话，小陈表示女孩子出门宁可有轻度的被迫害妄想症，也不能大大咧咧掉以轻心。他因为经常独自出去旅游，经验丰富，就给了我关于国外旅行的一些小贴士：

1. 白天在大路上走没问题，晚上要提高警惕；最好不要独行，不要走入小巷

这个不用过多解释，因为小巷子里不容易逃跑，更容易遇到坏人袭击。除了预防抢劫财物，不走小巷也是为了防骗子，比如酒托，会穿过一些小巷带你去偏僻的酒吧请你喝酒之类。小陈表示，要鉴别一个热情的人是骗子还是真诚的热情也有诀窍：看他们的生活节奏和环境。比如说希腊生活悠闲，天气比较热，人就比较热情；相比之下，纽约生活节奏快，人就比较冷漠；西班牙阳光好，人相对也比较热情……所以下次遇到热情的陌生人，先要考虑一下这个地方是否民风如此。当然了，除了"热情的路人"，也要提防查护照之类的假警察，大家一定要注意甄别！

2. 记得出行基本常识——管好财物，小心骗子

这一点我非常认同！旅行的时候，除了防小偷，更要防

范骗子。因此旅游之前要做好计划，特别是安全方面的计划。比如我去巴黎之前就看了攻略，上面说如果有人给你手链，还告诉你不要钱，千万别一高兴就傻傻地接受了，不然你戴上就等着乖乖给钱吧。还有一些人，派孕妇或小孩过来，打着什么人权主义的幌子让你签字，但其实这不是声援活动，是让你"自愿捐款"，一旦签了字就要破点小财啰，所以一定要看清楚签字的内容。果然，到了巴黎后，攻略里说的这些情况我都遇到了，但因为提前有防备，所以没有上当。但我也发现，攻略上提到的招数只是一部分，现实中骗子套路很深，大家一定要警惕再警惕。这里分享一个我被骗的经历，就当给大家提个醒。

当时是在火车站，我准备买地铁票，但是不知道怎么操作，于是我跑去柜台，但柜台工作人员很懒，她让我去机器那边自己买。其实工作人员的本职工作就是负责售票，我完全可以要求她卖票给我，但当时我想着自己再去试一下。试过之后还是不行，我就问身后一个小孩子如何操作，小孩子还没有开始说话，突然不知道从哪里窜出来一个打扮像工作人员的人，他说他帮我买票。我当时还庆幸总算来了一个靠谱的工作人员，于是跟他说了要买什么票，他很快地按各种键，然后告诉我不可以用信用卡支付，要用现金。我说我没有现金，他就说那他先帮我垫付，买好了我取钱给他就是了。于是他买了 3 张票，我本来要买的是 7 天的成人通票，当然当时他买的就是通票。但后来我给他取现金的时候，他悄悄调包了，给了我3张一次性儿童票。就这样，钱白花了，票还没买到。不得不吐槽一下，巴黎在这方面管理真的有待提高，大家去一定要小心，千万不要像我一样，以为自己去了很多次就掉以轻心，稍有疏忽就可能被骗！

3. 护照不要随身携带

小陈给我这个建议的时候，本来我很不以为意，但后来我的一次亲身经历，让我无比认可他的看法了，从此出国的时候，我都会准备一份护照复印件带在身上，而原件放在酒店。我到底经历了什么呢？就是有一次我和同事去欧洲采购原料，结果在保加利亚她的护照和钱财都被偷了！钱财丢了还不要紧，护照丢失就意味着哪里都不能去，只能马上回国，关键保加利亚才是第一站，我们接下来还要去法国和瑞士的供应商那里，没办法只好给大使馆打了电话。不得不说驻保加利亚的中国大使馆很给力，半天就给我们补办了旅行证，但是法国大使馆那边却表示保加利亚从来没有用旅行证来替代签证的先例，而且签证丢失就代表着失效，意味着丢照的人要回国才能补办。无奈之下，我想到了一个办法，让我们法国合作供应商直接给驻保加利亚法国大使馆打了电话，结果没多久法国大使馆那边就通知我们可以办理了，而且一天就能拿到签证，后来想想还是很自豪的。

小陈不愧是经常出去独自旅行的人，他给的建议确实都很有用。虽然学会洒脱地应对旅途中发生的不愉快的确很重要，但我想如果能像小陈说的那样做好防备，把那些不愉快扼杀在摇篮中的话，会给旅途省掉很多不必要的麻烦。所以旅途中想要玩好，还是要多长点心才行。

在旅行中学会精细规划

为什么要做旅行规划？简单来说，就是力求用最少的钱得到最舒适的体验。有旅行经验的人都知道，决定旅行的那一刻，就是一个整体规划的开始：查攻略、定线路、订酒店、买机票，同时还要比对价格，制订花销预算，总之这一系列准备下来，没有旅行过的人也能成为半个旅游通。

在我看来，旅行是对时间、钱、目的地的一种统筹。

旅游最关键的问题是要确定时间，因此攻略必不可少。我这个人不是特别有耐心去做攻略，好在我喜欢看别人做的攻略。在穷游网的论坛里面，很多网友会分享自己的路线和时间安排，我会大致看一看他们的，然后根据自己的情况稍微修改一下，攻略就做出来了——真的要感谢那些网友，拯救了我这种爱旅游的"懒癌患者"。而且我要提一下，网站还可以做出像地图一样的行程表，非常方便，可以说是懒人的福音了。对于海外旅游者来说，时间简直跟金子一样宝贵，这里教大家一个节省时间的小窍门，就是不要走回头路，比如可以罗马进、巴黎出，这样可以充分地利用时间，多走一些地方。

旅行第二大问题便是钱。每个人骨子里都有行万里路的决心，有的人不在乎钱的问题却无奈没有时间，只能选择那种三天游、两天游；有的人虽然有大把时间但无奈钱包不能支撑自己追求远方——这种以年轻人居多，所以很多人会选择穷游。这倒也无可厚非，但我不赞成过度穷游，比如很多穷游者会在路上拦车，直接搭陌生人的车，这对于女孩子来说，安全是没法保障的。所以我觉得，旅游最好是量力而行，不要过度穷游，当然也不能走入另一个极端，那就是无节制地乱花钱。胡乱买买买的旅人我见过不少，大多都是因为冲动而错误购物，买一些不必要的东西，带着到处跑不方便不说，还容易超出预算。我的理念是，买有意义但是不贵的东西。比如我们去威尼斯的时候，找到一家百年老店，那里有一种用玻璃烧制的小项链，全是手工制作，独特又精致。最重要的是，这里每一条项链都是独一无二的，即使在同一家工艺品店也找不到相同样式的，所以每条项链几乎都可以用私人定制来形容。我以前看过威尼斯的相关资料，这些从事玻璃工艺品的大师都是从小跟随父亲学习，这门手艺传男不传女——就像中国的很多百年老字号一样。几百年前，威尼斯城会制作这样"玻璃工艺品"的人有很多；但后来越来越少，现在整个威尼斯，只有几个人还会这种传统的手工工艺，因此这些玻璃项链价格都蛮高的。不过我觉得这么精美的工艺品值得购买。当然，大家在路上会遇到很多想买的东西，如果不想超预算的话，就要做出取舍，也可以逼自己去粗取精，只买最喜欢、最值得买的东西。

旅行的路上，很多时候也能淘到一些不贵但很好的纪念品。比如有一次我们去德国天鹅堡，看到一位画家正在画画，那人胖胖的，戴着眼镜。他现场用闪着金粉、银粉等各种彩色粉的水笔画出天鹅堡，非常梦幻。我问了价格，每幅5欧。付过钱之后，我以为他会把已经画好的画给我，哪知道他详细问了我喜欢什么样的风格和颜色后，重新给我现画了一幅，还给我们认真包装，最后潇洒地签上他的名字——这某种程度上也算一种定制了。在欧洲风景区，5欧的概念就是一包糖而已。但即使是这样小小的收入，他也认真地工作，我想这就是真正的热爱。成交之后，他又很热情神秘地告诉我们，在天鹅堡下面有一条超级美丽、超级浪漫的路，适合我和先生这样的伴侣，他还给我们画了一条路线图，在他的强烈推荐下，我和先生兴致勃勃地去了那条小路，绿影成荫，乱石清流，有一种很清幽的感觉。

旅行的第3个问题是选择目的地。不同的地方有不同的人文环境和背景。提前了解要去的地方，学习当地的简单语言；掌握一些当地人的生活习惯和民俗禁忌——这些都是会给旅行加分的。比如我先生，他每次去一个国家前，都会下载那个国家的语言学习软件，学点简单的口语，我本来还总是嘲笑他：

这么短的时间能学个啥？结果有次我们去威尼斯买东西，他居然会用意大利语问价格，还聊了几句。店主一听他会意大利语很惊讶，超开心准备和他多聊聊，后来发现他只会这么几句。虽然只是简单的几句话，却把他和其他国家的人们的距离拉近了——至少拉得比我近。我这才意识到，在别的国家使用他们的语言，哪怕是最简单的字词和口语，也会让对方感觉到被重视和尊重，不是吗？

说了这么多，在旅行方面，我也说得上是去过比较多的地方，算是半个行家了，根据我多年"吃喝玩乐"的经验，给大家一些旅游的建议：

（1）做好攻略，特别有耐心的姑娘可以买要去的国家的书，这里我推荐 *Lonely Planet*（孤独星球）系列，是旅行指南类，有关于欧美也有关于亚洲的，很实用。

（2）买机票大家可以去 Skyscanner 网站。如果时间灵活不受限制，就更容易买到廉价机票。比如要在某一个时间段出行，但是对出发和到达时间要求并不严格，那么可以查这个时间段最便宜的机票，然后好好规划时间。不过这里我一定要说一下转机的问题，长途旅游一般都有转机，如果是同一个航空公司，在转机的时候一般不需要提取行李，航空公司直挂就可以；但如果转机时换了航空公司的话，很有可能需要提取行李，重新办 check in（登机手续）。这个我是有亲身经历的，有次我发现在澳洲转机

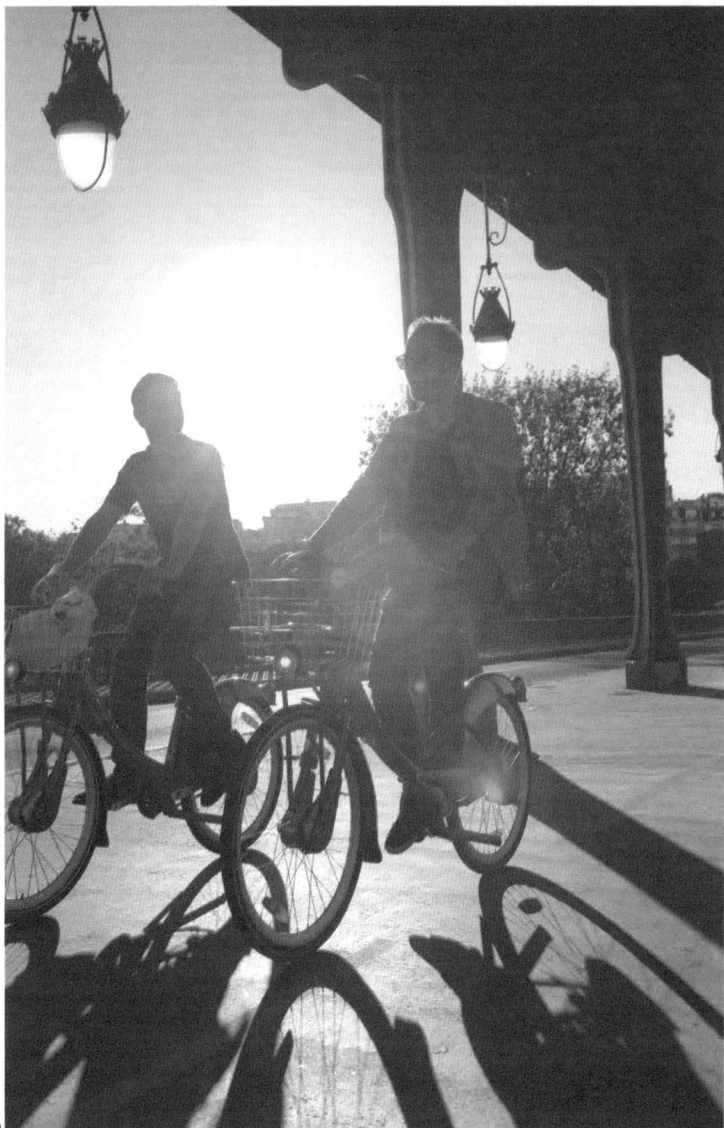

有很便宜的机票，急急忙忙就买了，但买了才发现问题：首先我没有注意到在澳洲转机是需要办理签证的，于是赶紧焦头烂额地准备材料去办理转机签证；等办好签证，我才发现只有 3 个小时的转机时间了，如果是同一个航空公司可以直挂行李，3 个小时完全没问题；关键我当时贪便宜买了另一家航空公司的机票，需要提取行李重新办 check in，这样的话 3 个小时是绝对来不及了。没办法，我只好把机票取消重新买——要知道当时取消费用是 6000 人民币，让我深深心痛了一下。这个经验告诉我们，千万不要贪便宜，一定要看好再下手！

（3）住宿我一般去 booking（缤客网）直接订，很方便，最多认真看看评价做一下选择，但是如果时间多且很有耐心的姑娘，那么也可以去 Tbip Advisor（猫途鹰网）选酒店，因为里面会有很多攻略，信息更全面；并且最好通过官网订房间，一般会划算一些。当然近几年 Airbnb（爱彼迎网）也进入了中国区服务，可以直接去里面找信息，这里稍微介绍一下这个网站的特点，可以跟 Booking 对比来看：Booking 主打酒店，适合两三个人去住；而 Airbnb 主打民宿，如果你是拖家带口的一大家子出行，那就再适合不过了。总之现在可供选择的网站越来越多了，我们出行住宿都很方便的。

（4）说说 Coupon（优惠券）。大家去了机场后，一定别忘了去领 Coupon。Coupon 有的是被做成书的样式，也有单页的，里面有各种打折券。对于我这种比较懒的人来说，很多时候不做攻略，就去多领几本汇总了打折券的书，在里面选有优惠价格的就行。对于喜欢做攻略的姑娘来说，领几本 Coupon 做参考也可以拿来完善自己的攻略。

（5）关于预订景区门票也有要注意的问题，在有的国家，酒店会帮你预订且不收中介费，比如德国就是如此。但是有的国家特别是旅游业发达的国家，酒店会收中介费，比如新西兰基本都会收。所以如果你要预订一些有折扣券的活动，请自己打电话，因为如果是酒店帮你预订，你还要付中介费，这样就不划算了。

（6）还有租车的问题，如果预算比较多的话，租车最好找大公司，比如 HERTZ（赫兹租车）之类。如果预算相对比较紧，或者行程没有定下来，可以去机场或者火车站附近租。那里一般都有专门的租车公司，而且这些租车公司是扎堆在一起的，到时候千万不要问一家就订下来，一定要货比三家，因为价格差距还是蛮大的。还有就是保险一定要齐全，最好是买 Full Cover（全险），古人说"穷家富路"，在路上不知道会遇到什么事情，还是保险一点比较好。比如我有一次在新西兰就撞了车，好在我每次自驾游都是买全险，不然真的够我们赔！而且大家要注意的是，如果租车过程中出了车祸，租车公司会帮你处理保险方面的事，但你们的租车合同就到此为止了，这意味着他们可以不用继续提供车给你，且租金是不退的，因为你的车祸也耽误了他们的时间和人工。不过也有特殊情况，比如对带着孩子的家庭，租车公司是会特殊照顾的，举个例子，我们上次在新西兰的那次撞车，本来撞了的车拖走之后，租车公司就不用再给我们安排新车了，况且当时本来就是旺季，车很紧俏。但因为我和先生是带着儿子旅行，租车公司不但给我们安排了新车，还专门让司机开了几个小时送过来，感觉他们的制度真的是非常人性化。

说了这么多，其实只是希望能给大家提供个参考而已。对每个旅行者来说，旅行是要去到远离自己的地方，这个过程会考验每一个旅行者的智慧和财商。谁不想花最少的钱，看最美的风景，吃最好吃的美味，玩更多的地方呢？为了实现这个目标，就要把钱和时间花在该花的地方，精打细算，合理规划，这样才能最大限度地享受你的旅途，让生活过得自由从容。

在我看来，生命可以看作一个几何体，健康是长度，眼界是宽度，对文明、对世界的理解则是深度。每一次旅行都是一次修行，是生命深入另一种文明的洗礼。生命在旅途中锻炼了长度，增加了宽度，也改变了深度——旅行，其实就是在充实我们的灵魂，让我们的生命变得更完整。所以生性爱自由的你，不妨出去多走走！

Chpter—4
Growth

The life I want, there's no shortcut.— Jenny

我要的人生没有任何捷径。

———珍妮《成长教育》

"懒癌"是种病，得治！

据说，女人和男人的不同在于，女人对着镜子往往能发现自己的缺点，而男人则相反。因为女人总是对自己很挑剔，觉得自己可以再瘦点、再白点、眼睛再大点……我也一样。

最近，妹妹说我肚子上的肉少了一点。作为一个每天上秤无数次、吃一个蛋糕也觉得有负罪感的人，我当然比任何人都关注自己肚子瘦没瘦的问题，不过"你瘦了"这种话从别人嘴里说出来，更让人觉得高兴。我的目标其实很简单，就是能够在夏天的海边穿上比基尼。这件事对于别人来说也许很容易，对我来说却是从来没有做到过的。因为我从小到大肚子都自带游泳圈，从开始的一圈到后来的三圈，最难受的是每次穿牛仔裤会勒得很难受，只要穿个半天肚子就会很痛，像岔气一样，估计很多像我一样体质的女孩子都有这样的体验。

周围常有朋友说，其实自己年轻的时候很瘦，是 A4 腰。我听了只能坦坦荡荡地回应：那我从来没有年轻过。生了孩子以后更是夸张，孕期不可避免会长胖，怀老大的时候脸都是浮肿的，笑起来眼睛真的就成了一条缝——不过有一次照镜子才发现，其实不笑的时候也是。从这个方面说，真的要特别感谢我先生，我丑得连自己都很嫌弃了，他居然还把我当宝。胖成这样，当然需要减肥了，但我这个人实在太不自律，尤其是在减肥这件事上更

是如此，毕竟美食诱惑那么大，而减肥又太辛苦，我怎么可能管得住嘴、迈得开腿呢？

　　话说回来，没有什么人可以天生自律，这种品质都是后天培养的。我觉得人有目标的时候，会为了那个目标勒令自己去做一些事，这就是自律。譬如，小时候大家都夸我学习很自觉，其实我心里也苦，但从小就定下了要出国的目标，因此无论如何都要好好坚持学英语。所谓的自律，不过是为了达成想要的目标，自己逼自己罢了。我做天然护肤品也是一样，这种自律完全是被代理和客人们逼出来的，每天早晨一睁眼，手机里就有一大堆微信消息等着我回复和处理，不约束自己好好工作根本就不行。记得我生老三的时候，前一天还在和代理开各种会议，早晨生完当天下午就开始处理工作，想想自己也是很"神勇"了。回想起来，我长这么大除了留学和做简玺，其他事情真的很难跟自律挂钩了，所以我觉得，能够为某件事做到自律，真的是因为对这件事有发自内心的渴望和热爱吧。再说减肥这件事，我在这方面可以说是完全没有什么自律能力的，之前为了减肥我是千万种办法都试过了，但还是没有效果。我怀大宝、二宝的时候更是长胖了20多斤，简直"胖若两人"，不过让我自豪的是怀着老三的时候却没胖多少，因为当时我得了妊娠期糖尿病，医生说尽量要少吃米饭、水果以及淀粉类的食品，肉和蔬菜倒是没关系，可以多吃一点，所以为了宝贝健康我不得不控制饮食，同时每天都要走一万多步。直到生完老三，我才重了不到10斤——老三自己就有七八斤重，除去羊水胎盘，我一斤都没重。所以你看，自律这种事也不是很难，只要动力够强，没有什么是做不到的。

不过话说回来，之前的我在减肥路上可以说是兜兜转转反反复复，估计那时候真的是动力不够强。比如刚生完老二那会儿，我胖得挺严重的，每次我一嚷嚷要减肥，我先生就会毫不留情地打击我：你啊，也就是3分钟热度，看这次能不能坚持3个月。

我听了暗下决心：不能也得能！因为当时生了两个宝贝，明显感觉自己身材不如年轻时了，于是开始了漫漫的减肥之路。"减肥"这个词大概已经成了每个中年女性的口头禅，可是要做到真的很难。比如其中一大阻力就是不可抵挡的美食诱惑，当然吃好吃的也没关系，把热量消耗出去就好了！所以减肥最关键还是得治疗"懒癌"，而且要坚持。

据我所知，通常的减肥方法有3个：

一、吃药

吃药我有点怕，虽然确实可以起到快速减肥的作用，但对身体会有不同程度的损害：比如有的减肥药原理是让人拉肚子，好多女孩拉得痔疮都出来了，虽然见效快，但实质上却并没有消耗脂肪，排出去的大部分都是水，一旦停药，会立刻反弹。有的减肥药原理则是加快人的新陈代谢，这个听起来科学，可代谢率不容易控制，很多人吃了会出现心跳加快、呼吸困难的情况，这种破坏身体代谢率的做法，其实是在透支身体，时间长了会引起身体的一些连锁反应，严重的甚至会导致心脏问题。我有个好友，吃了这种减肥药后总是心跳加快，她胆子小，一发现不对赶紧停掉，就这样她还是调理了大半年才恢复过来。看着身边人吃减肥药这么痛苦，我被吓破了胆，所以我宁可胖着也不敢吃药。

二、健身

相比吃药，这个方法肯定要健康有效得多，不仅能减肥，更可以塑形，简直完美。但是，健身的过程太辛苦，一般人很难坚持，所以那些能练出马甲线的姑娘，真的很让人佩服，要知道因为生理的原因，女人比男人更难练肌肉。不过健身对提升女孩气质和形象真的很管用，一旦练出马甲线，立马活力、身材双收获，瞬间晋级为女神。可惜这实在太难，就算是肚子上本来没有什么赘肉的人，想要练出马甲线最少也得练上3个多月；而对于我这种青春期就带着"游泳圈"的人，可以说是输在了起跑线上，感觉马甲线已经成了我此生无法到达的高峰。最可怕的是，我常常是练上十天二十天都看不到效果，哪里还有动力再坚持下去呢？何况，健身的同时需要克制饮食，多糖多油多盐的食物都不能吃，感觉自己就像一匹马，除了吃菜就是吃草——这也太艰难了，算了算了，我还是胖着好了。

三、节食

吃药和健身都不行的话，还有一个办法，那就是节食。节食可不是饿肚子那么简单，因为搞不好会引起基础代谢率的自然降低，因此需要科学规划和执行。之前我请教过一些圈内人，他们经常会提到生物学、免疫学之类，使得我往往会被各种名词搞晕，不过人家解释清楚以后，我真是不得不感叹：人简直就是一台神秘机器！基础代谢率是指在自然温度中，人体在非活动状态下，处于消化状态（肠胃有食物，合成作用大于分解作用）时维持生命所需要的最低能量。通俗点说，就是躺着不动，哪怕一直睡觉，也需要消耗热能，来保持身体这台神秘机器的运转。

节食的原理是要保持原本消耗的能量，减少吸收的能量。不过有个问题，节食的时间长了，身体这台神秘机器会感知到：吃少啦？那我们就降低点儿代谢呗！代谢降低，说明脂肪的消耗代谢也降低了，所以通过节食来减脂肪，刚开始可以骗骗"神秘机器"，时间长了一旦被她感知到，调整了基础代谢率以后，就没用了！所以很多美女说，我也节食，晚上都不吃饭的，也没见瘦下来，现在知道原因了吧？不过这个"神器"有时候也是会被骗的，比如我认识一个健身达人，她叫 Ella，现在生活在国外，已经是四个孩子的妈妈。她的身材是女神级别，她告诉我说自己健身减脂的时候，会有一天"Cheating Day"（欺骗日），一周只有一次，想吃什么就吃什么，简直跟过年一样开心。之所以有每周一次的开放日，就是为了不表现出持续吃少的状态让身体降低基础代谢率，这样就可以骗过我们的身体了。总之，想要健康合理地节食，就要制订精细的计划并严格地执行，说实话并不比健身轻松。我心疼地摸了摸自己的肚子，觉得节食的话实在是太委屈它了，于是决定还是先胖着好了。

就这样，3 个方法我都研究过，最后得出结论，减肥真不是个容易的差事。我想有过减肥经历的人都应该有同感吧，这件事实在是太难了：要么不能管住嘴，要么不能迈开腿，即使两个都做到了，能坚持多久？何况，能让掉下去的肉不再回来需要不断巩固和坚持，如果不能自律，减肥这个目标就永远也达不到。

话说回来，没有人可以天生自律，都是后天被逼出来的。我后来自己创业，每天接触很多人，认识到必须要管理一下自己的形象和身材，这才真正坚定了我必须减肥的决心。研究过很多方法之后，我发现了一个问题，那就是别人的减肥方法不一定适合自己，还是要探索适合自己的方法。比如我，直接健身见效会很慢，得多种方法结合才行，应该先把脂肪减掉一部分再去健身，不然顶着这十多斤的肉，健身要到猴年马月啊！教练说过，我是属于圆形体形的人，言下之意，就是容易胖，很难出线条。确定了适合自己的方法之后，我先吃了一些不影响健康而且能加强新陈代谢的保健品，体重减了 10 斤以后，渐渐降低到不吃保健品，同时开始增加运动量，每天 30 分钟的普拉提、流瑜伽，再做核心训练，慢慢线条就出来了——说起来容易，我这个"慢慢"指的可是半年哦。而且，我减肥还有一个苦衷，那就是作为宝妈加职场女性，没有太多时间去健身房，没办法，只好在家里自己练。我听朋友介绍下载了一个 Keep 软件，买了个瑜伽垫，在家里跟着软件做，这样感觉就像把健身融入了自己的生活，最终坚持了下来。当然了，这只是我自己的小经验，大家还是要根据自身情况找到适合自己的减肥方法。但有一点要切记，那就是不管用什么方法，最重要的是要自律，要坚持！

我之前一直以为减肥是一件难如登天的事，但后来我领悟到，其实所谓的"难"不过是给自己的"懒癌"找的借口罢了。只要管理好自己，一点点做出改变，不可能做不到。

南非前总统曼德拉说过："与改变世界相比，改变自己最困难。"可见，人最难做到的是管理好自己，所以我认为，一个自律的人更有可能有所成就，因为他们能管理好自己的身体和情绪，那么管理事业、平衡家庭也自然都不在话下。

回想起来，我真正对"自律"这个词有所理解，大概是在十几年前上大学的时候。有一次上课老师讲到法国大诗人保尔·瓦雷里的生平，他是法兰西学院的院士，可以称得上是"伟大"的法国诗人。关于他的故事有一个很让我触动的细节：有一段时间他在国防部工作，即使公务再繁忙，他都会每天四五点起床，写一个小时的文章、笔记、诗歌……总之就是创作一个小时左右，因为白天太忙了，没时间。当被问到这种"刻苦努力"对他在国防部的工作有什么帮助时，他的回答很简单：保持这个习惯，"是为了操练我的精神"。换句话说，就是保持一种自律的习惯和状态而已。

我自知此生不可能达到他的高度，但那句"操练我的精神"在某种程度上改变了我对学习、对奋斗等一切需要在艰难甚至痛苦中进行的人生活动的看法。原来这些词不是高高在上的心灵鸡汤，而是真的有实操性的东西。从理论上来说，每个人都可以成为最好的自己，只是看你够不够自律，肯不肯"操练"自己的精神。而作为女人，想要强大起来，成长到可以独当一面的程度，自律真的不可或缺。

愿你，也是灵魂溢着香味的女子

如果说自律是一个人成长的第一个重要标志，那么 Elaine 的经历就印证和诠释了另一个重要标志，那就是自我。

Elaine 是我在拜访一家德国原料供应商的时候遇见的，她给我的第一感觉是"灵魂都溢着香味"。当她站在自己设计的香水前向我一一介绍她的作品时，我不由自主地生出一种感觉：那装在瓶瓶罐罐中的不仅仅是好看好闻的香水，更是一个个精致的生命，被她赋予了灵魂。所以我忍不住问她设计香水的灵感都是怎么来的。她端上一杯咖啡，在落地窗前慵懒的阳光下向我娓娓道来，而我也有幸聆听了一段曲折又不失励志色彩的故事。

这个散发着淡淡香味和优雅气质的女孩，笑着让我猜一猜她大学时原本学的什么专业，我想能拥有这样的审美和气质，肯定是艺术、设计类专业，或者是跟香料相关的化工专业，Elaine 微微一笑，告诉我她学的是计算机。这个专业是她爸爸帮她选的，原因是好找工作。但她自小受妈妈影响，兴趣并不在此，而是在画画、服装设计、香水、花艺等方面。高三那年，她 18 岁生日的时候，妈妈专门从香港给她带了一瓶香奈儿五号，那是她人生第一瓶属于自己的香水，虽然尚不会品鉴，但是那种萦绕在身边的淡淡的香味，让她至今都印象深刻。

大学毕业后，从小作为乖乖女的 Elaine 听从父母的安排，进了一家待遇不错的公司。其实 Elaine 当初和我们很多参加高考的年轻人一样，在面对人生选择的时候，直接接受了人生经验更丰富的父母的安排，选择了一个相对而言有前途、好找工作的专业——不管自己是不是喜欢，毕业后再通过这个专业所学到的知识投身职场，或灿烂或黯淡地过完我们大部分的人生。当然，也许接受了父母的安排依然可以保持充足的活力和斗志继续努力，但问题是，在别人选择好的道路上走下去，最终能到达自己梦想的地方吗？不管事业成功与否，他们又能否从自己的事业和努力中真正感受到快乐呢？当然，也有少数人不顾家人的反对，不计后果地抛弃大学所学，重新投身于自己的所爱所长，但这样无异于一场豪赌。成功了，自然会有无数人艳羡；没成功，很可能就是无尽的黑暗，不断地付出时间和努力，却一直得不到自己想要的。就像置身于浩浩战场，激烈的竞争和无尽的对手已经逼到你孤立无援，纵然这样还要忍受家人的指责和周围人的议论，这个时候没有谁会佩服你当初孤注一掷的勇气，你得到的只是幸灾乐祸的"马后炮"："看吧，我早就知道会这样。"所以选择做自己喜欢的事，真的需要做好与全世界对抗的准备。"谁都要经历这些"，Elaine 笑笑，对她来说，那些曾经有过的纠结和流言，不过是过眼烟云。

　　2009 年大学毕业，Elaine 听从父母安排进入公司的同时，也没有放弃自己的兴趣所在，出于对香水的热爱，她利用业余时间做了一个香水网站。其实她的初衷很简单：不想放弃自己的兴

趣，因此她做的时候没有带入一丝商业化的成分，而大学所学的计算机专业技能正好给她做网站提供了技术支持。Elaine 的这个"香水花园"是当时国内第一家香水网站，她在上面倾注了大量的时间和精力。每天下班后，她都会去国外知名杂志网站阅读大量关于香水的文章，然后翻译成中文，同时结合自己的观点，整理到网站上面去，其中包括香水介绍、材料介绍、标准香气描述等。这个网站初期的时候可以看作是香水的一个百科目录，方便想了解香水的人们查找阅读。几个月后，网站渐渐有了名气，甚至 etang 网也想来收购，但 Elaine 拒绝了，因为她还是希望能坚持初衷，打造一个独立专业的香水网站。

经营网站的同时，Elaine 开始给一些时尚杂志写专栏，这对 Elaine 的要求更高，她必须更加细致、深入地了解那些香水，工作量更大。不过写专栏的经历也让她有机会接触到一些国内外香水行业的一线人士，对这个行业有了更深的了解。后来，随着网站自身的发展以及 Elaine 自己知识和眼界的进步，她发现总是从国外网站"搬运"和从行内人士口中"偷学"知识有很大局限性，而国内香水太少，混再久肚子里也还是"没自己的货"，于是 Elaine 决定更深入地学习，走更加专业的路线，开始把目光投向国外专业的香水学校。

Elaine 了解到，法国 ISIPCA 国际香水学院在业内享有盛誉，由娇兰第三代传人 Jean-Jacques Guerlain 创建，世界很多著名的调香师都是从这里出来的，Elaine 心里认定了这个学校。但摆在面前的问题是，她既不是化工专业，也不会法语，怎样才能进入这个调香圣地呢？就在发愁的时候，Elaine 得知 ISIPCA 开办国际班的消息。虽然非常难进，但一心想去那里求学的她还是递交了申请，尽管没有任何专业背景，但凭着自己对香料的一腔热爱和扎实的专业知识，再加上 Elaine 给教授看了自己制作的网站——结果她意外地被录取了。

回想起往事，Elaine 爽朗一笑，她觉得自己被录取也算是挺幸运的，"不完全是我选择了这个行业，也是行业选择了我"。其实这种幸运是她应得的，她对香水向来热爱，业余时间几乎都扑在香水上，以一己之力开创并撑起了一个网站并慢慢做大，继而接到时尚杂志邀请，开阔自己眼界的同时并没有在一个舒适区里就此裹足不前，而是积极谋求更大的进步，最终被国际一流调香学院录取，总算是真正进入了自己所热爱的行业。说到底，她和这个行业是一个双向的选择关系，努力了，坚持了，惊喜不会迟到。

被 ISIPCA 录取之前，Elaine 所做到的这些，都还只是当成一个业余兴趣在做。Elaine 被录取后，家里人并不支持她去留学，毕竟在国内有稳定的工作，收入也很好，调香平时玩玩倒是没关系，但如果为了这个兴趣放弃工作，千里迢迢孤身一人跑去人生地不熟，连语言都不通的法国，这是万万不能的！可在 Elaine 看来，人生必定要有取舍，选择了远方就必然要舍弃安逸，况且，自己的价值也不能仅仅靠金钱、职位等外在物质标准来衡量，应该趁着年轻去学习自己喜欢的东西，吸收更多信息，开阔自己的眼界。最重要的是，如果做一个自己不喜欢的行业，就算做再久恐怕也很难做出成绩。最终，Elaine的坚持和决绝撼动了父母。于是，已经大学毕业两年的她，辞掉了稳定体面的高薪工作，千里迢迢奔赴法国去寻找自己的梦想了。而这，仅仅是个开始。

刚到法国时，能够在这个所有女孩都梦寐以求的浪漫之都学习自己所爱，Elaine无比开心。没想到开学后画风突变，原以为调香是个很浪漫很梦幻的专业，但后来发现完全不是，相反是一门非常技术化、极为严谨的学科。比如，第一学期有30多门考试，各种专业香味、有机化学原料等术语让Elaine傻了眼，这些术语用中文理解都很困难，更别说是英文了。但既然来这里学习，再多困难也要迎难而上。对调香行业的热爱加上大学学习计算机专业培养出的超强自学能力，让Elaine克服了重重困难，并渐渐跟上了课程的进度。在ISIPCA学习两年半后，Elaine最终以全班第二名的成绩毕业。

说起在法国留学的这一段时光，Elaine表示，也许收获最大的不是知识，而是一种新的价值观。譬如，法国的同学和老师给她留下的最深刻的印象是，他们很少谈及工资和职位，更别说结婚生子之类的了，更多的是会从不同角度探讨人性——听起来也许很做作，但这就是他们的日常，就像我们谈论吃饭喝水、婚姻薪资一样真实。这在国内确实很少接触到，他们代表的是另一种生活态度和看世界的理念，他们往往从艺术视角分析人性，而后融入自己的创作中，这样的作品就会更真实而不做作。这种观念后来也潜移默化地影响了 Elaine，让她在自己的创作中融入了些许这种色彩。

回国以后，Elaine 接到了一份面试通知，当时的面试官和 Elaine 的父母认识，第一句话就问她："你为什么要进这个行业，还耽误好几年跑到国外去学？前途还不如计算机呢。"Elaine 当时觉得很奇怪，面试官怎么会这样打击自己。但等她真的进入了这个行业工作之后才发现，这一行实在是太小了，市场规模不大，国内前景不明朗，最重要的是个人发展空间也不算大——相比网络时代的计算机行业，这个行业完全不能与之媲美。不过，Elaine 还是热情满满，因为现在整天都在做自己喜欢的事情，把兴趣发展成职业，应该是天下最幸福的事吧。工作没多久，就有很多知名大企业来挖 Elaine，但她不愿意去，因为目前这个公司虽然规模比较小，但她可以天天闻香，跟自己喜欢的香料打交道。如果去其他公司，尽管待遇等更好，却离闻香、评香很远。Elaine 的想法其实很简单，就是每天做着自己喜欢的事情，然后把这件事做到最专业，那就已经是很了不起的成就了。现在的 Elaine 除了调香之外，还经常被邀请去论坛做客座教授，能够和年轻人分享香水，鼓励他们去做自己喜欢的事，她觉得非常开心。

说起来这个行业还是很辛苦的，对于大多数调香师来说，根本不存在什么 8 小时工作制，他们对香味的收集和对灵感的捕捉是 24 小时不停歇的，是融入生命里的。比如 Elaine 每天下班后也要跟踪头香、中香、尾香……她会在味道中投入想象，在香水里面注入感情，因为装在瓶里的并不仅仅是一种带香味的液体，而更像是装存了她的感觉、她的回忆和她的全部情感。譬如，Elaine 说她最近在调制一种有话梅糖味道的香水，将之与不同的香味融合，就会产生不同的感觉。比如与玫瑰味融合，像是神秘的插曲；加黑加仑的话有妖冶和媚惑感；加荔枝味则会是甜丝丝的，还伴着奶香，"就像初恋的味道"——说这话的 Elaine 一脸甜蜜，阳光打在她的发丝上，散发着淡金的柔光——也许，做自己所爱、自己所长的女孩，说起话来真的会自带光环吧。她们这些人就算面前有千山万水需要跨越，走起这漫漫长路似乎也一点都不觉得累。每走完一小段，回望来时路，一步一个踏实的脚印是她们自然的勋章。其实每个人都是这样，积累得多深，就能走多远。不用去羡慕别人挣多少钱或是过得多好，只要确定自我、明确自己所爱，踏踏实实迈出自己的脚步，总会慢慢成长为自己想要的样子。

从"留守儿童"到自由摄影师

成功女孩的特性有千万种，也许对于小敏来说，从小到大，她的字典里只有一个词——自强。

小敏是朋友介绍的一位自由摄影师，给我的感觉是小资、文艺、乐观、说话语速快、很擅长引导客人在镜头前自然表现，而且对照片有着艺术品般的苛刻要求。有时候甚至客人自己觉得很好看了，她还是不满意，总觉得"还可以更好一点""你可以更美的"。总之，看她的工作状态很多人都会认为她敬业到癫狂。也正是这种状态，总让我把她跟很多时尚杂志的专业摄影师们画上等号——有性格、有技术、又追求完美。

我一直以为，小敏能养成这样的性格和状态，一定是从小受艺术熏陶长大且受到过严格的艺术审美训练。万万没想到，她小时候根本没接触过这些，用她自己的话来讲，她其实是个农村"留守女孩"：妈妈长期在外打工，爸爸在家务农，她和妹妹处于半留守状态。在孩子的成长中，爸爸其实无法代替妈妈的角色，尤其是女孩子，更需要妈妈的陪伴。但因为家庭经济原因，妈妈不得不长期在女儿的成长中缺席，于是小敏基本是在一个没人管的"放养"状态下长大的。

读到了初三，小敏没有像很多励志故事中的主人公一样非常渴望读书，反而因为成绩太差，自觉没法读下去，就选择了主动辍学。家里本来就穷，农村女孩选择辍学去工厂做打工妹是一条很常规的路。不过就是在这种常规中，小敏闯出了一条不同寻常的路。她在工厂打了两年工之后，发现这不是自己想要的生活，要改变自己的人生还是要有知识才行，于是她辞职重新去读了职高，然后进入大专学习。

读大专期间，小敏和其他同学不同，因为之前有过辍学打工的经历，她深知生活不容易，尽管重回学校也不肯再向家里开口要钱，所以寒暑假依旧去工厂打工挣钱，平时周末也做兼职。夏天的重庆是名副其实的火炉，但在"火炉"里发一天传单能赚到30块，这是将近三天的伙食费了——很长一段时间里，小敏的生活费就是这样赚来的。

大学的时候，小敏特别羡慕电视剧里的白领生活。于是2007年毕业后，她去做文职工作，两年后升职为经理助理，有了还算可以的收入。按老家人的想法来看，小敏如今好好挣钱离开农村，在大城市有个稳定工作就不错了。但小敏却不这么认为，每天面对同样的东西，做同样的事情，每月拿着固定的工资，实在太没劲！

小敏这个人有想法、有创意，善于发现事物不同的特质。两年的白领生活，让她觉得按部就班地工作无法充分发挥她活跃的思维，于是她迷上了Photoshop，简称PS。PS可以把很平凡的图片加工成令人惊艳的艺术品，但学好PS不但对技术要求很高，还需要有一定的审美和设计能力。但小敏并没有过多地考虑，她很快就辞职了，进入一家摄影工作室上班。一开始因为技术不熟练，经过了一段工资低的"学徒期"，但刚入行这也是必然要经历的。其实小敏在做文职工作的时候就已经自学了一点PS，这一点小敏和Elaine有点像，都是利用下班时间充电学习。尽管白天的工作已经很累，晚上有时候还要加班，但她每天都雷打不动地自学两个小时以上，自主学习并没让她觉得多苦多累，反而感到很充实。

辞掉办公室文职工作后，小敏在那个摄影工作室干了三年，三年的不断学习和实践已经让她从一个PS新手变成了经验熟练的"老手"，在这个过程中，她发现自己又喜欢上了摄影。尽管在工作室里做的一直是PS工作，但每天看着摄影师打光、拍照，尤其是摄影的光线、角度等方面既需要专业的知识，更需创造力，这让她产生了深深地迷恋。3年的时间，她除了在PS方面技术得到提升，更多的是跟摄影师交流，从交流中学到了很多东西，此时的她已经足够自信可以胜任心仪的摄影师工作，于是跟老板提出自己的想法，老板嘴上同意，实际上安排给她的还是PS方面的工作。那个时候的她24岁，月薪4000元，公司还提供单身公寓——这样的条件，对她而言已经算是相当不错了。然而此时的小敏，再次果断辞职，事实上这次辞职跟以往的辍学、复读、辞掉文职工作都不同，因为之前她只知道那不是自己想要的生活，而这次，她确定了自己想要的生活：做一名独立摄影师。于是她利用自己多年工作存下来的积蓄开了一家工作室，单房租和各种办公设备就花了3万多元但这些都是实实在在的物品，虽花了钱却让人感到踏实。只是用来推广的那5000元就像树叶扔进水里一样连个响儿都没听着，着实让她肉痛了一把。

刚开始生意冷清，小敏只能帮朋友拍照，不过她有一个原则，再小的活只要接了，都一定要拍到自己认为的最好、最高水平，否则她宁愿不做，所以她每次拍照都无比用心。很快，她拍的照片得到了顾客的认可，经常有顾客拍完后介绍自己的朋友过来，算得上。是"有口皆碑"了。靠着在朋友中的好口碑，小敏的生意慢慢做大，月月盈利。

一个"输在起跑线上"的农村女孩，从没有任何家庭背景的打工妹，到年收入几十万元、过着自由生活的摄影师，用她自己的话来说"挺好！"她想法很简单，也没有什么所谓的鸡汤或秘诀，就是"乐观点，朝着自己的目标走就行了"。但我们要明白，她取得如此成绩，背后付出了多少，大概只有她自己才清楚。

在我这个外人看来，小敏能有今天的成就，很大原因在于她的自强，在工厂打工的时候，她就知道这不是自己想要的生活，不肯安于现状，不断地给自己充电，而后跳槽。通过这种不断的尝试和改变，最终让她学到了一身本领，也找到了自己想要的人生。

小敏的经历告诉我们，一个人最强大的后盾，就是有一颗自强不息的心，不要失去学习的能力，不要失去改变的勇气。

聪明的女孩知道：成长比成功更重要

说了很多"成功人士"的故事，可以看得出来，不管是怎样的出身，她们都有一个共同特点，那就是努力而坚持。我说这些故事并不是为了灌什么心灵鸡汤，只是想客观地说明，没有谁的人生有捷径可走，都需要踏踏实实、一步一个脚印地成长。我前面讲的这几位事业有成的姑娘，她们也不是没有痛苦、迷茫过，只是被自己的坚定一一化解了。我也认识很多20多岁的小姑娘，她们尚处在迷茫的探索期，我想如果他们能坚定目标，一步步成长起来，那么前途也是无量的。

比如 Queenie，27 岁，前不久刚辞职。几个月前，摆在她面前的是一个艰难的抉择：工资 2500 元和 5000 元，她要从中选一个。还用说？正常人肯定选工资高的。不过 Queenie 的情况有点不一样。她本来在一家公司上班，朝九晚五，工资 5000 元，这在三四线城市算得上不错的工作。可是她一直喜欢咖啡，很想开一家属于自己的咖啡馆。几年来，她一直处于"想想、想想再想想"的状态，后来她终于下定决心辞职，并在一家新开的咖啡店当了服务员，工资只有 2500 元，收入和福利连以前的一半都没有，而且工作时间更长——跟之前的工作比，她算是走了下坡路。

记得去交公积金、退工单的时候，窗口工作人员问她"为什么要辞掉这份工作？"她笑笑表示，觉得自己在这里得不到成长。

这句话听起来很虚，其实是她的肺腑之言，快 30 岁的她想趁着还算年轻的时候做点自己想做的事情，不然对不起自己。原来工作的公司氛围很死，而且几乎已无上升空间，这意味着如果一直待在那里，那么她的生活就被定型了，直到退休也就那样了。

其实从有辞职的想法到付诸行动，中间有三四个月，这段时间 Queenie 一直在犹豫，其间还面临着来自父母的阻力。因此她一度想放弃辞职就那么待着好了，可是当她去咖啡店面试之后，觉得还是那里的氛围和工作内容自己更喜欢。虽然面试的时候不过是简单聊了一下，也只认识了教做咖啡的技术总监，而且那个咖啡店也不是星巴克那种享誉中外的大品牌，但 Queenie 觉得，星巴克是一体成型，可学习的空间不大；相比之下，这家小品牌咖啡店却很有自己的特色，而且从和技术总监的交谈中能看出来这位总监很有想法和责任心，由此她觉得在这样的地方、跟这样的人共事，肯定能够学到更多的东西。于是面试之后，她义无反顾地离开了原来的公司。

来到咖啡店后，Queenie 发现这里的同事都很年轻，很多都是95 后，这意味着她要和这些年轻人一起打拼，累是累了点，但是感觉自己很有活力。工作的时候，这里的每个人都热情满满，这越发让她觉得辞职是正确的选择，趁着自己还没有变老做些自己想做的事情。

她一直告诉我"什么事真的都要趁年轻去做，年轻就是最大的资本，不用考虑太多"。确实，如果她当时一直拖下去，再要辞职不仅仅要纠结待遇的问题,还有可能会在父母和男朋友的劝说下结婚,那时候想辞职就不得不顾及家庭和孩子——很难做到像现在这样潇洒和任性地说辞职就辞职了。不过辞职后 Queenie 也面临很多压力,比如家里的长辈都觉得对于女孩子来说最重要的是稳定,而 Queenie 现在的做法无疑是丢了一个稳定的好工作而选择了不务正业,甚至还有一些思想古板的长辈觉得她现在咖啡店的工作性质就是服务员,从做资产管理的白领变成咖啡店服务员,完全不可理喻。

面对这些压力,Queenie 都撑过来了,她觉得奋斗不一定全是为了钱,还有骨子里的那份热爱。因为有那份热爱的存在,所以就算是泰山压顶,自己也能自信、淡定和从容应对。何况,在之前的公司里,她已经不可能有什么成长了,而在现在的咖啡店里,她的人生还有无限可能,也许现在看上去不如之前好,但从长远来看,在这里她可以收获更多。

Queenie 说得不错,女孩子一定要趁年轻,多去做自己想做、自己喜欢做的事。一个女人自己拥有的时间很短:20 岁甚至 25 岁之前要读书,30 岁之后要结婚生子,完全没有顾虑的时光不过几年,因此就应该在这段时间肆意地为自己去做选择,不是为了责任或义务,也不是为了家庭和孩子,仅仅是为了自己那份喜欢和热爱,这样的选择多么难得和可贵!当然,挑选工作的地方也很重要,除了喜欢和热爱,更重要的是能够让自己成长,否则像 Queenie 之前的公司那样,年纪轻轻地就封顶了,再不能成长,那这样的人生也太没意义了。

女孩子要想有更大的发展，一定要找一个能让自己成长、能激起自己热血和激情的公司或团队，因为对年轻人来说，成长比成功更重要。一个聪明的女人，一定一直都清楚自己内心的坚守和价值观。所以姑娘们要打起精神，无论是在大公司还是一个小团队里，都不要放过任何一个让自己进步的机会，用一点一滴的积累，让自己慢慢成长，通过成长来滋养自己的灵魂。我相信，这样的姑娘，终会成长为自己想要的模样。

事业是一种修行

说了别人的成长故事，话题又要绕回我自己。我之前做过很多行业，也失败过很多回，现在算是把简玺慢慢做起来了。其实与其说是我一手带出了简玺，不如说我是和简玺一起成长起来的。在这个过程中，我也慢慢领悟到：做一个事业，是一场漫长的修行。

我一直觉得，如果一个人能带着一颗虔诚的心去干事业，把事业当成修行，那么，他对自己的事业一定会越爱越深，一定会越干越好。比如我对自己的天然护肤品就是这样的态度，我希望多年以后回顾自己事业时能非常坦然地说一句："这些年我的奋斗对自己、对别人、对社会都有意义。"

当然我知道，我的简玺只是个比较小众的小事业。我觉得经营一个能影响整个行业的、大而强的企业固然可喜，但做好一家小公司也是一种价值。现在人们的审美、需求越来越多样化，简玺适应市场需要，推出了私人定制的理念，追求一种"高端、个性化服务"的创业模式，定位明确，坚持做精品，走小众高端路线，把自己"小"的一面做到极致和完美。我相信，不论事业有多小，一旦爱上并投入进去，把它当成一种修行去做的话，就一定可以有所成就，而且在这个过程中，自己也会慢慢得到提升和进步。

现在回想起来，简玺确实让我收获了很多东西，让我重新找回了生活的方向。当时我刚回国跟着李先生到无锡，在这里人生地不熟，一个朋友都没有，整天没有地方去只能宅在家里，无聊的时候就给李先生打连环电话。久而久之，感觉自己的社交能力都退化了，偶尔出去面对陌生人或不熟悉的事情竟不知道如何打开场面、从何处入手沟通。总之我从一个本来非常外向，喜欢侃侃而谈的人被迫变成了一个"死宅"。但做了简玺以后，我整个人忙了起来，不再天天给李先生打电话而是专注于自己的事情。很多人都说，一个自己干事业的女人会比一个巴望着丈夫事业的女人显得年轻。对此我深有感触，人一旦充实起来，整个人会显得阳光、自信。所以我觉得，对于一个女人来说，如果老天善待你，给了你能干的丈夫和优越的生活，请不要收敛了自己的斗志；如果老天对你不够疼爱、百般设障，也请不要磨灭了自信和向前奋斗的勇气。因为一颗坚定的、奋斗的事业心，才是一个女人最大的财富。

而我做简玺最大的收获，除了让自己成长起来之外，还认识了一群同道中人。我开始做护肤品之后，接触的人多了，社交面也广了起来，而且通过产品口碑结交了很多同行的朋友，慢慢建立了自己的人脉圈，结束了我"死宅"的状态。我现在的很多合作伙伴，都是初期的客户转化来的，大家用了产品后觉得品质很好，就慢慢加入了简玺，可以说是简玺让我们走到了一起。我觉得最美好的生活方式就是现在这样，不是躺在床上睡到自然醒，也不是坐在家里无所事事，更不是整天在街上和小姐妹逛逛吃吃，而是和一群伙伴，一起奔跑在理想的路上。抬头有清晰的远方，低头有坚定的脚步，身边有志同道合的朋友相伴，让我可以踏踏实实且充满干劲儿地继续在这条路上走下去。

虽然我说了这么多关于自己创业的美好的一面，但还是要提醒大家，事业这场修行绝对不会顺风顺水，尤其一开始更是千难万难，姑娘们还是要做好充分的心理准备，迎接来自四面八方的暴风雨。比如我这一路走来，虽然算得上坚定和坚强，创业之路却也是磕磕绊绊，受到过很多质疑，话说从头——

一、什么？我的护肤品是"狗皮膏药"？

当年回国后，我逐渐开始了天然护肤品定制之路。万事开头难，这句老话我也确确实实体验到了。

刚开始做的时候，肯定有不同的声音，首先是来自家人的。

老爸看到我在厨房里摆弄那些瓶瓶罐罐非常不屑：花那么多钱留学，这么多年后回国，就做这个"狗皮膏药"？还不如高中毕业直接做呢。

不管我如何极力维护我的事业，向他解释什么是小而美，向他展示我的品牌定位、专业素养、公司理念……老爸听了只是哈哈大笑："人啊，就像我们嘉陵江边的鹅卵石，开始都是有棱有角的，慢慢老了就什么棱角都没有了，一辈子就是这么回事。"我心里的凌云壮志，面前这些精心配制的天然护肤品，在老爸这里，换来的就是四个字——"狗皮膏药"。

老爸一直嘲笑我，直到我做到第3年的时候，才有了改变。他脚上有个地方被毒虫咬了，一直流脓，于是我给他寄了自己做的痘痘膏搭配冻干液。产品没让我丢脸，只用了一星期，老爸的伤口就完全好了。不过老爸也没改口，只是跟我打电话时说："你那个'狗皮膏药'再给我寄点过来。"老爸能说出这种话，已经是变相的认可我的事业了！

不过一开始老爸说得也没错，花了这么多钱、用了那么多时间，出国留学回来就做这个？且不说时间成本、金钱成本，就是我这个年纪也不算小了，加上当时还有两个孩子要负担，肯定是耗不起的。况且，打开市场也是个问题，毕竟淘宝做 DIY（自制）护肤品的千千万万，按照有位曾经"黑"我的人的说法，"买本书，随便看看网上的配方，谁都可以做"可是对不起，让他失望了，我这里没有随便。

"想做就做，不想做就不做。"这是李先生刚开始的态度。

一开始李先生也没觉得我能做出什么成绩，他只知道我喜欢，就让我做，总比我天天赋闲在家不停给他打"连环夺命电话"来得好。那个时候经济不独立，基本上都是靠李先生在养我，后来我发现，即使李先生很爱我，也开始对我那时候的状态有点不耐烦了。发现这一点的时候，我一瞬间就理解到"几十年仰仗丈夫鼻息生活的女人"是一种什么样的状态。我是一个闲不住的人，更受不了以后自己很可能会变成一个依附于丈夫的女人，于是跟李先生长谈，说了自己想创业的想法。李先生也很希望我能有自己独立的经济和人格，所以不但不反对，还对我的创业给予了很大的支持，包括经济和精神上的。不过当时他也没指望我真能做出什么成效，有种任我折腾的感觉吧。

说起来，在我创业之初，最支持和相信我的人，是我大儿子幼儿园的任老师。她和我属于同一类人，总是对生活充满不甘心，都有一点不被常人理解的"野心"。大概每个人在创业之初，都需要一个人，可以超越众多反对和不确定的声音，清晰而坚定地告诉你："你可以！"对我来说，任老师就是这样的一个人。回想简玺的创业历史，第一次公司大会的召开是在我们小区的滑梯那里，创始人我和客座参谋任老师就坐在台阶上。尽管那里是一场看上去很不正式的会议，但简玺的产品定位和定价等核心问题就是在那里定下来的，一直沿用至今。那个台阶是简玺整个理念诞生的地方。整个谈话过程中，任老师一直坚定不移地相信我可以做得很好——尽管当时的我，除了一个遥不可及的梦想和一个简单的理念之外，一无所有。

二、做事业，还是要"傻"一点

刚开始，我仅仅是给身边的亲朋好友做天然护肤品，我会认真分析他们每个人的肌肤状态，教他们搭配，为他们定制护肤品。那时候没有像现在这样专门的研发中心，甚至没有一个像样的工作场地，更没有一个员工，老板、销售、发货、客服、工程师……都是我一个人。

即使是这样，我对自己仍然有绝对的高要求，我坚信：用心做，客人必然可以感受到。

就说器皿清洁，我都是先用自来水清洗，然后用去离子水冲洗，再做15分钟的光波杀菌，最后喷上酒精，用韩国进口的食品级别保鲜膜封口，以备后续使用。

很多朋友说我傻，哪需要那么讲究？清洁器皿没人看得见，能用去离子水洗洗已经很不错了，还搞那么多程序做什么？是的，客人看不见，可我自己看得见，我得相信在严苛的卫生标准下做出来的产品是会不一样的，我对得起自己的心。

还有做肌肤检测的仪器。我那时候没钱，总共就5万元的创业基金。在买肌肤检测仪器的时候，我看了很多家，淘宝上300元左右的特别多，但是同一个店铺，也有3000元左右的。我就问店主价格怎么差那么多？店主告诉我，300元左右的不精确，但销量最好，一般小美容院用来揽客已经够了；3000元左右的，用的是进口镜头，精确度高，而且软件更好，自然价格就要贵10倍，很多专柜就用这个。那时候3000元左右对我来说，已经算是一笔大开支了，但我还是咬咬牙买了。现在我也是这样的态度，仪器的质量一定要好。成立公司以后，我们不计成本，为了对产品的功效做出客观的数据评估，公司花费近二十万元从美国进口了专业级别的VISIA皮肤检测仪，这也是目前世界最主流的皮肤客观

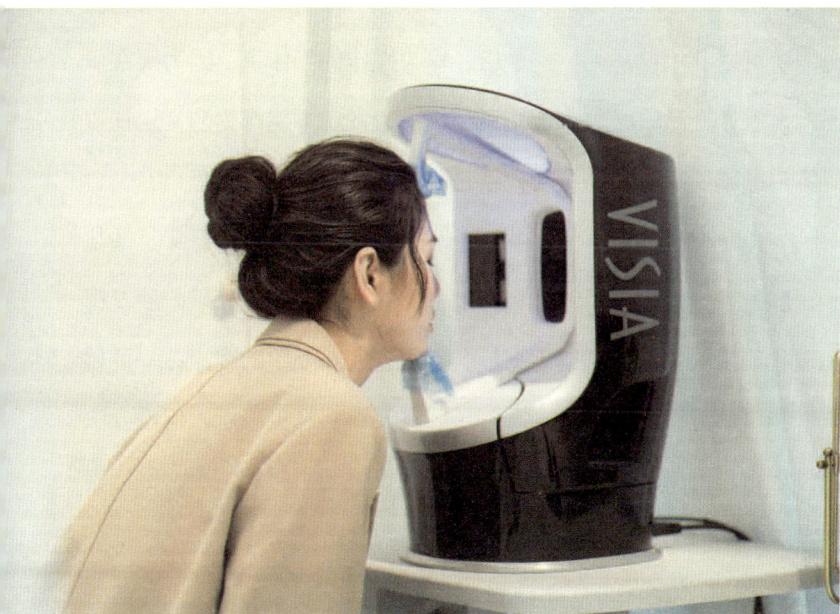

评估工具——虽然花钱的时候很心痛，但为了产品质量，一切都值得。

除此之外，创业初期买均质机我也是千挑万选。便宜的均质机一两千就可以买到，贵的要上万。朋友告诉我，要求不高的话，一两千的也能用。但是我知道，用德国进口的均质机打出来的产品肤感、光泽度更好。如果为了贪图一时便宜买了次等货，连我自己这关都过不了。最后，我咬牙又买了德国进口均质机。这样一套仪器买下来，全部超预算，我不仅把初期的创业基金花得渣都不剩了，还欠了一堆债。

虽然在仪器上我是精益求精，但"面子工程"反而做得很不好。一般的护肤品店面都很精致，但一开始我用来做肌肤测试的房间——现在回想起来我都不好意思开口——是我的卧室。当时我只有两个可以利用的房间，一个已经作为操作的工作室，因为要在里面给大家做产品，必须每天用酒精消毒，肯定不能作为迎来送往接待客户的场所；另一个房间，就是我的卧室了，当时家里只有一台电脑，也是在我的卧室里。我是个有一点洁癖的人，只好买了些垫子，客人来了就把垫子铺上，让他们坐在床上做肌肤测试。朋友都知道我的情况倒是没觉得怎么样，但很多朋友介绍的客户，一开始来做测试都觉得我这儿也太寒碜了。其实我自己也尴尬，但没办法，条件艰苦只能凑合。现在再和一些老客户说起当时的情况，倒别有一番滋味，因为这些都成了我们很珍贵的回忆。

也有很亲密的朋友劝过我，觉得我这样太"犯傻"，既然客户能看到的接待室都可以凑合，那为什么要在客户看不到的仪器上投那么多钱呢？而且关键是，万一做不成功，投入这么多值得吗？小事业能不能做起来我不知道，我知道的是，接待室不会影响产品的功效，可以凑合，但仪器是直接关系到产品质量的，如果质量都要凑合的话，那就不是做事业的态度了。现在想想，客人虽然不懂仪器好坏，但时间长了，产品质量好坏是能用得出来的。正是当初那些所谓的"犯傻"的举动，才保证了产品质量，留住了客户，并在他们的支持下我的小事业才慢慢做起来。

三、价格贵？见效慢？——是我的产品，没错了

跟客户打交道也不是一件容易的事，让他们养成正确的护肤习惯、建立正确的护肤观念，远比推销产品要难得多。我做简玺一开始的初衷就不仅仅是卖产品，因为卖出去只是销售的第一步，我们的最终目的是通过定制天然的护肤品调理好客人的肌肤，打造肌肤的微生态平衡。这件事任重道远，我已经走了十几年，但与我想做百年品牌的野心相比，这十几年时间也不过是刚刚迈出了第一步而已。

记得当初一开始做简玺的时候，很多客户对我的产品不了解，接触我的产品后第一反应是：价格那么高？

确实，即使到现在，简玺也还是一个比较小众的品牌，在十多年前更是毫无知名度，但我们从一开始就走了做高端产品

的路。

其实关于这个问题，一开始我确实也纠结过，我的产品到底是应该走低端还是高端呢？高端就怕曲高和寡，低端必定会因为成本压缩质量，这非我所愿。纠结之后，我还是拿定了主意：一定要走高端路线。原因如下：第一，低端产品我自己都不会用，更不可能给我的家人用了，朋友我也不好意思推荐。第二，低端产品太多了，可以说是没有最便宜只有更便宜，我不喜欢打价格战，而更喜欢品质上的竞争。第三，国内从来不缺低端品牌，而高端护肤品却寥寥无几，我可以做高端护肤品，弥补国内高端原创品牌的不足。

想通了这些，我的产品定位就很明确了。但同时我也知道，大家对国产高端品牌的认可度是比较低的，想打开市场很难。后来开始做品牌的时候，韩国的设计师团队考虑到护肤品的定位，建议我在英国或者法国注册公司，以外国品牌打入中国市场，更容易被消费者接受，多少有种"外来和尚好念经"的意思。确实，我们的品牌拥有国际团队背景：原料来自法国、德国、美国、日本、韩国、巴西等；技术支持来自日本、韩国、瑞士、中国；包装材料由德国生产；设计团队则来自韩国……其实简玺在其他国家注册商标是完全可以的，不过在全球化的今天，我们经过资源整合和共享，完全有实力做出一个民族好品牌。既然如此，何必要以外国品牌的身份打入国内市场呢？而且我一直坚持的一点是，一定要打造我们中国人自己的百年民族护肤品品牌，所以一定要为简玺申请"国产"身份。

当然，我也知道，打造一个民族品牌很不容易，因此我对产品的要求近乎苛刻，必须让产品质量达到最好。譬如，每次确认一款原料，都会经过几步的筛选：第一，考察原料。我会和工程师认真探讨这个原料的功效理论、是否有资质认证、是否可以提供原产地证明、细胞测试的数据分析如何、其他国际品牌是否有使用过、细胞毒性如何、对皮肤是否有刺激、是什么样的防腐体系等。一切必须要符合严格的标准，我才会试用这款原料。第二，内部功效测试。我会做产品打样，然后给一些老客户试用，我自己也会每款都试用，必须要 85% 以上的客人觉得满意，我才做配方升级。第三，小批量生产。因为真正天然的防腐体系的防腐效果比较弱，保质期短，再则也是为了保证活性物质的有效性，所以我们都是进行小批量生产，这也是产品总断货的主要原因之一。在我这里只有更好，没有最好。我会不断找寻新的原料，来和现有原料做残酷的 PK。因为每年都有新的原料出来，所以我首先考虑的是绝对的安全性，其次是功效，最后筛选过后我会用研究出来的新配方和原来产品做对比，优中选更优。

仅原料一项就有诸多纷繁的步骤，后面的生产、设计等各个环节等更是朝督暮责。我不走低价竞争的路，从原料到包装到工序再到效果，都可与国际大牌比肩——想想看，这样的性价比，还觉得价格高吗？

除了价格，更多客户关心的是见效的时间。很多客户都问过

这样的问题：一周能见效吗？

看来大家是被市场上很多机构误导了。现在大街上什么一周祛斑、三天祛痘之类的宣传不胜枚举，对此我只想说，万事都要遵循一个循序渐进的规律，揠苗助长是不可取的。你想想，人就算是治个感冒也要十来天，何况是消除脸上长了好几个月甚至好几年的痘痘呢？

当然，痘痘问题只是举个例子而已，其他的诸如修护、补水提亮产品等也是如此。有的公司在护肤品里加激素等违禁成分，所以见效快，当然也就卖得好，赚钱也快了。可是这种做法给客人带来的并不是帮助而是危害。特别对于一些新品牌来说，想要挣快钱，又没法砸钱做广告，还想要快速打开市场，那就只能要求快速产生效果。快速产生效果不外乎下面几种办法：

第一种是产品"加料"。这种方法效果出奇地快，能够快速出"口碑"。不过这种口碑出来得快，坍塌得也快。但是没关系，中国人口基数大、市场也大，足够让他们把产品卖完，然后打一枪换一个地方，重新注册公司、注册品牌，同样的模式再卖就是了。

第二种是以表面上的"高利润"来广招代理。有的公司会在宣传时打出高收益的广告，大家一看提成那么高，"效果又好"，就做代理囤货呗！因为"激素依赖性皮炎"这种后遗症也不是用了马上就会显现出来，短则一个月，长则一年才会出问题。所以很多代理刚开始赚了点钱，就投入更多来囤货。当各种问题出来以后，公司拍拍屁股一走了之，"小白"代理们就惨了，很多货压在代理那里，卖也卖不出去，自己也不敢用。有好几个客户之前就做过"小白"代理，赔了钱不说，自己的皮肤也糟蹋得不成样子，在我这里调理了好久才好。

护肤品的定义是日用品而不是药，只添加健康绿色成分，又想做到快速见效，几乎是不可能做到的。那些挣钱的套路我都懂，可我不想做这样的产品。我一开始就没想过拼速度，而是以打造肌肤的微生态平衡为主旨，重在调和养，真正焕发肌肤的健康活力。

在我看来，一个护肤品牌能够生存下来的重点不是挣钱快而是复购率，复购率是由口碑来保证的，口碑来自品质。从产品出发、从客户的实际诉求出发，真正关心客人，才能形成长久的信任关系。我认为，如果我和产品只是用来简单地赚钱，那没什么意义；但如果能够帮助到更多的人，让大家变得更好，那它就是有价值、有意义的事情了。所以，把产品做好、让产品说话，这是我们品牌的核心理念。

四、匠心，当然少不了

我一直认为，人生的奔跑，不在于起跑线上的高低，也不在于瞬间的爆发，而在于途中的坚持。最终能走得更远的，不是跑得最快的那个，而是坚持得最久的那个。所以做事情，刚开始有热情、有原则是很容易的事，但能长期坚持下去就很难了。

我以前认识一个做保险的女孩，为了让我买保险，她天天上门。当时我因为怀大儿子先兆流产（科普一下先兆流产不是流产，而是有流产的迹象），所以只能在家里躺着，一躺就是7个月。也许是真关心我，也许是为了卖保险，总之那个女孩天天来看我，对我嘘寒问暖。虽然这个女孩非常热情，但我心里还是有点担心，因为买保险肯定是长期投保，我不太愿意买新人的，担心她可能会跳槽或者转行，我更希望买那种做了很长时间的"老人"的，因为他们会更稳定些，而且咨询方面会更有经验、更专业。后来我被她的热情和坚定打动，当然为了安全也和她确认过："你不会做一段时间就走吧？"她很肯定地表示会长期干下去，绝对不走。于是我放下心来，在她这里买了保险。之后她再也没来找过我，后来听说她做得很卖力，再后来过了不到一年，就听说她辞职了，以后就没有了音讯。

她的工作是结束了，可我的烦恼才刚刚开始，因为他们没有做好交接工作，保单缴费时也没有人通知我，每次我有问题要询问，也找不到人回答。当时我在他们保险公司就像一个没人管的孩子。有次我忘记缴费，他们那边没有给任何书面或者短信通知，延迟了一段时间，还要求我交滞纳金。就这件事之后，我有了感悟：以后我自己创业，接受一个客户就要对人家负责到底，一定要善始善终，服务跟进比销售更重要，因为卖出产品才是销售的真正开始。同时，我也长了经验，看一个人的产品或者事业做得如何，首先要看他做了多长时间和是否具备基本的专业素养。譬如我朋友圈里有个姑娘，她一直在卖蜂蜜，卖了两年多，除了蜂蜜别的她都不卖，而且也不乱刷屏，每天只是发发日常生活和蜂蜜的各种知识。我不但没觉得被她的朋友圈骚扰到，还很喜欢她发的那些关于蜂蜜的小知识，如果我要买蜂蜜就会找她。两年说长也许不算长，但说短也不短，她能坚持这么久，至少比那种干两三个月就换一个产品的人要靠谱很多。我朋友圈里还有一个女孩，也是在做微商，我几乎每天都会被她的朋友圈刷屏。而且她过不了多久就会换种东西卖，一会儿卖食品，一会儿卖衣服，一会儿卖护肤品，一会儿又卖起了包包……虽然她在朋友圈里把自己的产品夸得天花乱坠，但我肯定不会去找她买东西的，因为她没有在一个产品上做专、做深入。另外她产品的品质我也会打个问号：如果这个产品真的好，她为什么还要换来换去的？并且我会质疑，难道她在代理这个产品之前没有认真地考察过吗？

不能排除她涉猎广泛、什么东西都想先卖卖看，但我觉得做事业时，专一更不可或缺。比如我在韩国生活这么多年，资源很多，光是跟护肤相关的就有不少，譬如整形咨询、微整形、纹绣……我还专门去系统学过彩妆造型。5年前就有朋友对我说："做文眉吧，很火的！你又有韩国背景，肯定能赚钱！"不过我觉得既然选择了做天然护肤，就要专注一点。打个比方，如果一个医生说他什么病都会治，那别人就会觉得他什么病都不会治。做事业也是同理，我做简玺十几年，一直专注于天然定制护肤，在这个行业里面把它做专做深，一辈子做好这么一件事就很不错了！

吉姆·柯林斯在《优秀到卓越》这本书里中提到了刺猬定律，他问："你是刺猬还是狐狸？"在希腊的寓言里有这样一种说法："狐狸什么都知道，但刺猬只知道一件大事情。"从表面看，狐狸有着聪明的大脑、灵活的四肢，完胜刺猬。但是狐狸虽然知道很多事情，也可以做很多事情，却缺乏持久性。而刺猬呢，看上去很笨，但是它只认定了一件事情，并且坚持做了下去。我们做事也是一样，有时候一多不如一精，一旦选择了自己喜欢的事情，就要有把这件事做到极致的决心和意志。比如麦当劳和肯德基把小小的汉堡做到世界各国的人都爱吃，可口可乐和百事可乐把一瓶汽水卖到世界各地去，新东方把英语培训班做到能在美国上市。当然了，做好一件事不光需要专注也需要时间，假如一个企业从好做到极致平均需要 4 年时间。那一个事业呢？它从无到有，从有到好，从好到伟大，需要的时间肯定不止 4 年。4 年在人的一生中，属于不长也不短的时间，但多少人可以做到？如果一个人认真努力做一件事，抓住一件事情做 4 年、做 10 个

4 年都不放弃，那再笨的人都会成功。所以我想，就一心一意地坚持把简玺做到极致吧。我自始至终也没想过要把简玺做成什么世界 500 强企业，要是能一直坚持下去，把它做到绝对的极致，最后成为一个百年匠心小企业，我就心满意足了。

谢谢你们，陪我一起成长

现在回想起来，当年的我无论如何也想不到，自己会从最初的一个小小的念头，到后来把护肤做成一个公司、一份事业。最初，我是想为家人精心调制一款专属的天然护肤品，没想到从那之后，就再也停不下来了。

那时候我在韩国，儿子得了湿疹，我带他跑遍了各大医院，涂过各种药膏，也吃过很多药、打过很多针，但见效甚微，儿子的皮肤仍然溃烂、发痒。每次一发作，儿子就忍不住要挠，太痒了！后来湿疹从一个小泡开始向外扩张，周围长出了很多密密麻麻的小水泡，儿子挠破以后就成了一片蜂窝一样的凹洞，还流着黄水——真的可以用体无完肤来形容。看着儿子痛苦我也心疼，可当时没办法，夏天我不敢给他穿短裤和短袖，因为别人看见了会很惊讶，会不停询问。当初他们幼儿园的老师还专门问过我孩子是不是有皮肤病，会不会传染。

所以一开始，我是为了儿子才去了解天然护肤品的。我从书里看到，很多植物可以缓解湿疹的扩散，所以就想不如自己给他配制一款护肤品试试。当时我唯一的想法是只要儿子不难受就行，作为妈妈，我自信自己给孩子的一定是最安全的，我不会加香精、化学合成防腐剂、激素、色素、矿物油这些东西。

于是我开始自己调配天然护肤品给儿子涂抹，慢慢地他不

那么痒了，也不红了，而且发作的频率越来越低，程度越来越轻。儿子那时候还小，每次痒就会说："妈妈给我涂妈妈做的香香，就不痒了。"我当时觉得我学那么多护肤知识，试验了那么多次护肤品，有儿子这一句话就都值了！

去年儿子腿上突然起了很多毒包，几乎占到了他大腿一面的80%，硬硬的、发红、发烫，还很痛。我妈妈看了很着急，说要不要送医院啊？我说送医院的话也就是输液，没法针对皮肤下药，不如先暂时缓缓，用冻干液搭配痘痘膏给他多涂涂，明天观察观察再说。我妈妈当时心慌意乱，但看见我很淡定，加上我做护肤品这么久，对我的产品也信任，就暂且听了我的话。第二天，儿子的毒包开始变小并往一个地方聚集，我们就继续给孩子涂，几天后毒包缩成了一个小水泡并且慢慢结痂，最后脱落了。可以说，儿子是我护肤品最忠实的客人，当然有时候也是给我试验新品的"小白鼠"，他们从小到大用的全部是我的护肤品。作为一个妈妈，这种成就感是任何金钱都替代不了的。

讲了这么多儿子的往事，其实我就是想说，我做护肤品的初衷是为了家人，而真正帮我把它转化为事业的，却是我的客户们。很多客户用我的护肤品已经八九年了，一开始我在家里的厨房做护肤品，他们见过产品最简陋的包装和最原始的设计，不过简陋没关系，产品质量好才是王道。要知道我的偶像雅诗兰黛集团的创始人雅诗·兰黛女士也是在家里的厨房研制出第一瓶护肤霜的。我没有期望把企业做得跟她一样大，但也希望能把我小小的事业做得漂亮又长久，就像很多欧洲手工匠家族一样，企业虽然不大，却以精致独特的工艺流传百年。我非常感谢最初的一批客户，正是他们介绍了朋友，他们的朋友再介绍朋友，才慢慢扩大了我的客户群，让简玺一步一步发展起来。可以说，是客户的体验为我的产品树立了口碑，是客户和我共同创造了这个品牌。

对于老客户，我深表感谢，要知道得到一个新顾客需要的成本远比维持一个老顾客要高，一旦失去一个老顾客使其重新成为顾客所需的成本会更高。做品牌，我们一定要喜旧不厌新。老顾客基于多年的使用经验，已经对产品有了很高的认可度，所以只要能守住初心做好产品，她们不会轻易离开；而对于新顾客，简玺倡导体验式营销，客户体验以后，觉得产品好、服务好，自然而然就会转化成我们忠实的老顾客了。因此一个真正的好产品是不会被埋没的，一定会得到许多顾客的忠实拥护，受到认可只是时间问题而已。

对于一个企业来说，过硬的产品质量是立业之本，是留住顾客的不二法则，也是与顾客建立信任的纽带。维尔弗雷多·帕累托的80/20法则中提道"真正能够接受你的推销的客户只有20%，但这些人却会影响其他80%的客户。你要花80%的精力找到这20%的客户……80%的业绩，来自20%的老客户"。在我这里，充分证明了80/20法则的正确性。譬如有位客户跟我聊天说，有朋友向她推荐一款护肤品，她不但没心动，反而用她的护肤经验给推销者反推我们的产品。不管她是否推销成功，我都觉得很卄心，不是因为自己的产品打败了同行，而是坚信我们满足了顾客的需求，和他们建立了强大的信任关系。

做护肤品这么多年，每次最开心的事，就是收到客户的反馈，不管是图片还是文字，我都会认真阅读，看到客户用了我的产品后，皮肤一点点变好，我就觉得很有成就感。对于我们淘宝上的店也是这样，我每次点开卖家中心，看的不是销售额，而是客户的评价，他们的鼓励是我坚持走下去的力量。

曾经收到过一封很长的信，来自我的客户，信中字里行间都能让我感受到那个客户的激动和开心。我是亲眼看着她的皮肤由满脸痘痘变得白皙无瑕的，这让我觉得自己的护肤品真的做得很有价值和意义。那封信我保留至今，征得她的同意后在这里和大家分享一下。

亲爱的婷婷：

你好！

我一直都是一个护肤的狂热分子，从高中起就开始了，也是从高中起开始长痘痘，从此在"战痘"的路上越走越远。

一开始只是一点点痘痘，高中生活是很可怕的，6：40就要到学校，晚上10点才到家，每天都是超过12点才睡觉，压力又大，所以皮肤很差。一开始只是一点点痘痘，后来越来越严重，逐渐变得满脸都是。当时真的是想死的心都有了，这种感觉只有和我有相同经历的人才能感受，一般人很难体会到。

终于熬过了高中，迎来了大学，我的护肤意识渐渐被激发出来，开始用各种方法"战痘"，内服外用，喝过菊花茶，吃过苦瓜、芦荟，也喝过中药……不管出名不出名的只要有祛痘字样的产品我都会买来用。那段时间把自己的身体和皮肤折腾得非常差：额头爆满痘痘，两颊开始发红，特别是冬天进到空调房这种热的地方，皮肤更差，可是身体却特别怕冷，肚子以下都是冷的。

就算身体和皮肤这样了，我也没有就此罢休，我想做的事情一定要达到目的。刚上大学的时候淘宝已经流行起来了，我也会在网上买护肤品，偶然看到自制护肤品，觉得很神奇，看到无添加、无酒精、无香料，我就觉得一定适合我这种混合敏感性皮肤，就买来试试。说实话不好也不坏，至少没过敏。后来就开始搜索各种自制护肤品的店铺，一搜才知道，原来有这么多，就挑几个来看，一般都是哪个图片好看就点开看看（请原谅我是外貌协会的人）。我还记得第一次点开你家的产品就是红石榴集中提亮面膜精华水，当时吸引我的除了好看还有另外一个原因——价格。当时这款产品售价323元，这个价钱对于当时的学生来说，好贵，真的好贵，而且在所有自制护肤品里是最贵的。我纠结了好久，还是买了，为什么呢？1. 评分高，信用度高。2. 产品下面的评价好，虽然不太多，但都是好的评价。3. 价格高，既然能够开出这样的价格，成本肯定也贵，而且卖得这么贵要是没效果肯定会有人投诉。综合这几点，我就买了。现在才发现我用你家产品都已经两年多啦。我是个喜新厌旧的人，从来没有在一家店买过这么多东西，也没能坚持用哪个产品这么久。

我一般在家的时候皮肤还行，但是一到学校皮肤就开始爆痘，应该是作息饮食的问题吧，总之就是不停爆痘。后来你帮我搭配了产品，我就开始买洁面凝露、祛痘面膜和积雪草，送的小样就是痘痘膏，搭配起来用了一次效果就很明显了。当时我先是用洁面凝露排出多年的垃圾，疏通毛孔，然后用祛痘面膜做个镇静，再然后涂抹提亮精华水、积雪草精华，最后等完全吸收了，涂上痘痘膏就好了。第二天一早我的皮肤就变得很光滑，洗脸时就能就摸得出来。包括到现在，每次用完洁面凝露，我都是这样的感觉，完全是爱得不行啊。一段时间以后我的痘痘真的少了，皮肤开始发光，我用过积雪草之后真的就是这样发光的感觉。可是我的皮肤好像还不是那么完美，天气冷的时候还行，但是一到夏天还会爆痘，不过比之前要少很多了，再加上有痘痘膏和痘痘水，控制得还是很好的。后来我其他的皮肤问题也开始凸显出来，就是红血丝。我本身皮肤比较薄，再加上长时间用祛痘产品，皮肤就越来越红，特别是冬天，一到空调房或者是浴室这种热的地方，脸马上红得不行，跟火烧似的，从表面上看有点像高原红，反正很丑就是啦。后来我脸上的痘痘处理得差不多了，你就开始给我推荐修护精华，说实话一开始没什么特别的感觉，但是用了两个月以后发现，脸没有以前那么红了，就是红也是淡淡的粉红，还是很可爱的。现在要是不长痘的话，基本就是能量水＋冻干液＋提亮精华水＋隔离＋防晒，家中必备痘痘膏、痘痘水、洁面凝露和洁面皂。我现在的皮肤状况是只要不乱吃，注意饮食基本就不会长痘了，控制得相当不错。

说了那么多，我来说说我的感想吧。自从大学毕业后再也没有写过这么长的作文了，原谅我文笔不好，但是我说的句句都是发自肺腑的话，婷婷你就凑合看吧。我真的很谢谢你，真的，皮肤好的人永远体会不到那种皮肤差到都不想见人的感受。特别是遇到自己喜欢的人，头都抬不起来，太自卑了。从我开始用你家产品到现在也已经两年多了，皮肤的转变不是一下子的，而是慢慢地，也有反复的时候，但是不知道为什么就是很相信你，觉得你能帮我把皮肤变好，也就慢慢坚持下来了。现在皮肤真变好了，而且经常有人夸我皮肤好。婷婷，你知道吗？这一切都是因为你。我相信好人会有好报的，你帮助了那么多人，老天也会多多眷顾你和你的家人的。我毕业后进了一家在国际上很有名的化妆品公司，里面大牌很多，我要是想要也很容易，但是我一件也没有要。因为我看到产品成分里有酒精，所以怕了，不想我的好皮肤再变坏。你知道的，我能有今天的状态多不容易啊！亲爱的，我会坚持的，永远支持你，也愿你越做越好。

沈燕云

2015 年 10 月

好产品是什么？有人说是一种思考，有人说是一项工艺，而我说，好产品是客户的口碑。当然，我的意思不是一味跟在客户后面或者讨好客户，而是要走在客户前面比客户更懂客户，帮他们识别自己的问题，找到自己的需求，然后提出合适的解决方案，真正做到让客户觉得物超所值。海尔总裁张瑞敏先生曾说："把每一件简单的事做好就是不简单，把每一件平凡的事做好就是不平凡。"我希望把让女性变美的事业做得简单而不平凡。我做产品的理念一直是坚持私人定制的天然护肤，让客户不仅得到物质层面的满足，更要让她们觉得自己被重视，同时也要根据客户的个人皮肤状况给出最佳定制护肤方案。

我要做的是一个有时间长度、有人情温度的天然护肤品牌。是大家的支持和口碑成就了今天的简玺，是大家的陪伴让我们成长到了今天，所以我不走销量而走质量，不走低价而走安全，不走广告而走客户的口碑。9年的品质之路，不曾停止，我们也会在大家的陪伴下，一直走下去。

Chpter—5
Marriage

第五章

婚姻

麻烦的事情里头，隐藏着真正的乐趣。

——米兰·昆德拉

女孩子，问心而嫁才不会后悔

每一对男女从甜蜜恋爱走向婚姻时，都会执手盟誓："我愿意嫁他／我愿意娶她，我们永远拥有、热爱和珍惜对方，不论疾病、贫穷还是死亡，都不能把我们分开。"这样神圣的誓言是每对夫妻对彼此的承诺，但如何用一生去守护住这份誓言，是一门学问，也是一种修行。女人要带着虔诚的心去经营婚姻、经营爱，让男人在经过岁月的洗礼后依然能笑着对他周围的人说："我的老婆是我一生中最大的财富，爱上她是我一生中最正确的事。"我希望，每一段婚姻都是源于情感的互爱和精神的结合，就像媛媛一样。

36岁的媛媛老家在南宁，多年前她来到柳州打工，认识了一个被分配到柳州的南宁小伙子。两人是老乡，有很多共同话题，一来二去就熟悉起来，后来发现彼此性格相投，就慢慢开始交往，再后来就结婚了。刚结婚时，条件很不好，两人在集体宿舍住了很长一段时间。好在媛媛的老公属于事业型的男人，也很有上进心，经过他的打拼两个人的日子慢慢有了起色。不过她老公也有缺点，就是大男子主义，白天出去工作，晚上回到家就什么都不干，媛媛也没什么怨言，家里琐事全都一肩担了下来。后来生了孩子，媛媛就扛不住了：每天早上起来给全家人做早餐，然后去上班，趁着午休的时间去买菜，下班了赶紧接小孩回家，再做饭，吃完了饭也不能闲着，洗碗、洗衣服、收拾家里等一大堆事情还在等着她，临睡前还要给孩子洗澡又是一场苦战……搞完这一切，人也基本累趴下了。媛媛说那时候感觉自己就像一台磨盘，不停地转啊转啊。

女儿上了小学之后，需要父母辅导学习，生活方面也需要花更多的精力照顾，媛媛就更忙了，每天几乎都是连轴转的状态。后来，丈夫和媛媛商量，这样劳累担心她的身体会垮掉，同时也为了更好地辅导女儿学习和照顾女儿生活，让媛媛辞掉工作做了全职妈妈，每天除了辅导小孩子功课，一日三餐也可以自己煮。老公除了工作上是一把好手之外，家务事基本帮不上什么忙，尤其是生活方面简直是个"巨婴"。媛媛也认了——自己挑的老公，还能怎么办呢？

刚辞职的时候，媛媛其实很纠结，她一方面担心自己做了全职妈妈后会跟社会脱节，以后没有再就业能力；同时又害怕如果自己变成了黄脸婆被老公嫌弃怎么办？揣着这样的心思，媛媛每天都过得很焦虑，虽然她现在比一边工作一边照顾家里清闲了很多，但是她的心理压力却越来越大，没过几个月，媛媛脸上就因为压力太大长了很多痘痘，身体也出现了一些问题。媛媛老公看到她这种状态非常心疼，本来劝媛媛辞职是为了让她不需要那么劳累，没想到却搞得她状态更不好了。于是她老公鼓励她选点业余爱好，充实一下生活也能减轻一点她的焦虑。说起来她老公虽然在家务方面帮不上什么忙，但却是真心关心和支持她的。她老公有个做瑜伽的朋友，就提议让媛媛跟着去练练瑜伽。刚开始媛媛并不是很感兴趣，但她老公一直鼓励她多走出去看看，可以先练习一段时间再看喜欢不喜欢。媛媛想就当是锻炼身体减肥吧，于是开始认真上瑜伽课。没想到过了一段时间，她居然有点上瘾了。瑜伽不仅调养好了她的身体，更重要的是改变了她的心态，媛媛整个人都变得积极起来了。

后来，朋友看媛媛很喜欢瑜伽，就提议说一起开个瑜伽馆。当时媛媛的水平还不够，无法授课，而且如果合作的话媛媛主要负责管后勤方面，想想就知道一定会很繁琐，也很累人。招会员、找老师、排课程、跑手续等这些都需要媛媛的。瑜伽分淡季和旺季，冬天是淡季，从3月到11月是旺季。就像所有创业的人一样，万事开头难，创业初期总有个熬的过程，基本上前几年都会处于亏损状态。在这样的情况下，媛媛又陷入了纠结：要开这个瑜伽馆吗？本来自己辞职是为了照顾家庭，出来学瑜伽只是为了放松心情，但真要创业的话，可能大部分的时间就都要花在事业上了，那家里谁来照顾？最关键的是，万一失败了怎么办？搭上钱又搭上时间，真的可以这样吗？媛媛翻来覆去，终究下不了决心，于是把自己的纠结说给老公听，没想到老公却很支持，他知道她做家庭主妇一点儿都不开心，既然找到了自己想做的事，那就放手去做。

对于媛媛老公来说，做出这个支持的决定其实也是很艰难的。毕竟对于这样一个自理能力为零的男人来说，媛媛不回家的话他饭都吃不上，但他还是二话不说鼓励媛媛大胆去做，并且拿出了积蓄给她。有了老公的全力支持，媛媛就一门心思扑在了自己的瑜伽馆上。度过了最艰难的两年后，瑜伽馆终于步入正轨，开始有了盈利，每个季度还请外地老师来上课。媛媛一边当着老板，一边从容地重新做起了家庭主妇：早上做了早餐送老公和孩子出门之后，上午就锻炼身体、爬山、买菜，中午和朋友吃个饭，下午上瑜伽课，晚上再回家给家人做饭，一起温馨地度过晚上的欢聚时光。

现在，媛媛给自己的定位还是家庭主妇，不过是一个从容的、有自己事业的家庭主妇，和之前那个每天围绕着柴米油盐空虚度日的她完全不一样了。说起自己的改变，媛媛很感谢自己的老公，她说老公也许不是暖男，也许没有多么完美，但是当初却给了自己莫大的支持和鼓励，如果当初没有老公的付出和支持，就不会有今天的她。

媛媛说得很对，两个人在一起，其实没有谁是完美无缺的。只要能互相支持，相携相伴，这样的婚姻，怎么可能不幸福？

结婚本身具有法律意义上的私有财产组合分配的功能，许多人会因为这种组合带来的短期物质利益忽略了伴侣精神方面的要求。那这样的婚姻就像一辆带着隐患的汽车，不知道什么时候就会出现故障。

我有个朋友 L，她的老公是家里介绍的，她当时对他的感觉并不好。不过她妈妈觉得这个男人家境不错，有好几处房产，女孩子嫁过去肯定不会受穷，夫妻俩人可以少打拼很多年，尽早过上富足的生活。朋友犹豫了一段时间，最终听从了她妈妈的意见嫁给了这个男人。L 当时以为，先结婚后恋爱也不是不行，然而没想到的是，她婚后的生活一点儿也不舒心。丈夫虽然家境不错，却是个有性格缺陷的人：自私、偏激、非常大男子主义，遇到不顺心的事情还会表现出狂躁的一面。最让她不能忍受的是，丈夫有赌博酗酒的恶习，而且根本不听劝。L一劝，她老公就生气，轻则动嘴，重则动手，家里经常鸡飞狗跳。有一次我们聚会，L也来了。几年不见她简直像变了一个人一样，神态看起来比实际年龄大很多，原本活泼可爱的身影不见了，整个人呆呆的，眼睛里也没什么神采，面色特别憔悴。我们问起她的婚姻情况，她只是说认命了，感觉她似乎已经对生活失去了希望，很让人惋惜。

那个时候我就在想，以后我身边的女孩如果要结婚，我一定要提醒她，女孩子找另一半的首要条件是爱，而不是身外的其他附加物，若没有爱，其他拥有再多也是枉然。就像马克思说的那样"如果你的爱作为爱没有引起对方的爱，如果你作为恋爱者通过你的生命表现没有使你成为被爱的人，那么你的爱就是无力的、就是不幸"。双方只有在情感上互爱，婚姻的基础才是牢固的，婚姻才会美满和有价值。所以女孩子千万不能把婚姻作为交易，婚姻不是女人的银行，另一半更不是女人的救世主，不要想着通过婚姻改变自己原本够不着的生活条件，钱财、名利，要自己挣。

恋爱一阵子，婚姻一辈子，一纸证书将两个人的命运紧紧地联系在一起，既有了爱的权利，也有了爱的义务。当一个人走进婚姻时，也许会觉得远没有想象中的美好，其实这很正常，幸福的婚姻不是两个人自始至终的相敬如宾，而是在磕磕绊绊中互相磨合，最终达到和谐的状态。结婚前，两个人因为单纯的互相倾慕和互相吸引而组成家庭，中间不掺杂任何跟爱无关的东西；结婚后，彼此之间就算是偶尔有龃龉，也很容易沟通解决，因为有爱做基础的婚姻，是不容易攻破的。我觉得理想的婚姻是这样的：我们在一起，不是因为将就，不是因为金钱，不是因为其他任何理由，而仅仅是因为爱。

说到这里，不免又要说一下我和李先生。他不是富二代，我也不是白富美，他没有看到我本人以外的附加值，我也只看中了他优秀的品质。结婚的时候我还在留学，两个人都很穷，经常一天三顿都是泡菜、紫菜和米饭，但是两个人一起赚钱经营自己的小日子很幸福。一百有一百的花法，一万有一万的花法，年轻时候的穷，不丢人，它能教会你苦中作乐和随遇而安，更重要的是，它能教会两个年轻人在贫穷中学会独立和互相尊重。我还记得恋爱的时候，李先生把我带到商场里直接挑了个最小的戒指给我，求婚时候的戒指，上面的钻石也要用放大镜看才看得清楚。直到生了老三，他才送我了一个大钻戒。但我就是喜欢这样的李先生，从来都是量力而行，不浮躁，只要牵着他的手，就算手上戴着易拉罐环做的戒指也会觉得很甜蜜。

在我看来，幸福婚姻的秘诀很简单，夫妻两个人，不用抱怨自己为家牺牲了多少付出了多少，也不要计较自己应该得到多少。"感情"这两个字，都有一颗"心"，要两个人用心去维护，不能用理性去计算婚姻中摸不着的形状和分量。婚姻就像一块玉石，是需要人去"养"的，养好了玉才能温人，养不好就会凉人。女人如果想要幸福的婚姻，就一定要问心而嫁，遵从自己的内心，好好经营婚姻，这样才能收获自己的幸福。

我知道，You Are in Trouble

我见过幸福婚姻的模样，也知道很多不幸婚姻的例子，不过Dana 的故事有点特殊。回想之前的经历，Dana 自己都觉得太像电影了。但生活本身要比电影精彩曲折得多。

"我妈妈说，女人一定要在乎自己的外表。那种被闺蜜挖了墙角的"狗血事"，是我妈妈的亲身经历。'要好好打扮自己'，这大概是妈妈留给我最有用的忠告了吧。"Dana 的后妈和妈妈是闺蜜。父亲年轻的时候很帅，又是单位领导，人也上进，妈妈对爸爸是有点仰视的，这样优秀的男人，自然很容易吸引女人的目光。

"那时候后妈经常和妈妈玩，还管我妈妈叫姐姐，对我妈妈特别亲热。当时妈妈并不知道，人家对她的亲热并不是冲着她，而是冲着我爸。我妈妈一无所知还傻傻地对她掏心掏肺，待她像亲妹妹一样，有了什么东西都和她分享，哪知道到最后老公也被分享出去了。当时我妈在纺织厂上班，而且经常上夜班，有一天提前下班回来，在家里逮了个现行，瞬间就傻眼了。我妈是典型的以家庭为主的传统女性，每天回家就围着灶台转。记得有一次爸爸要参加活动，让妈妈打扮漂亮一点，一起出门。妈妈去房间转了半天，还是穿了一件特别土的衣服出来，说'新衣服留着过年再穿'。我懂我妈，她真是特别爱我爸，可以说是爱到骨头里去了。我爸是上班后才考的大学，那时候我妈每天早上五六点起床给他做饭，把他的皮鞋擦得锃亮，衣服烫得笔挺。当时家里只要有点余钱，我妈就都攒下来给我爸买营养品、买新衣服，自己多少年就那么几件衣服将就着。可她不明白，有些事是不能将就的。爸爸本来是很要面子的人，可妈妈从来不收拾打扮自己，也从来不知道给爸爸挣面子，很多时候反而因为太土太老给我爸'丢人'。时间长了，我爸就开始嫌弃我妈了，只是嘴上没说出来而已。但是后妈就恰恰相反，她是门市部卖带鱼、肉类的，虽然没多少文化，但特别会赶时髦，会跳舞、会打扮、懂体贴、有风情。这样的女人，肯定比家里不会收拾打扮、不懂情趣的老婆更有魅力，我爸爸红杏出墙也是迟早的事了。

"我妈把我爸抓了现行之后，日子就过不下去了，两个人很快离了婚。虽然我爸出于愧疚在经济上补偿了很多，可那又有什么用呢？说起来我妈的命是真苦，和我爸离婚，才是她人生不幸的开始。

"后来我妈找了我叔叔，我叔叔对我妈也挺好的，人也很上进。结婚后两个人承包了公交车，第一年挣了40万，眼看着生活就要好起来了。第二年，公交车出了交通事故，17人中14人受伤，妈妈他们承担全部医药费用。于是妈妈和叔叔又拼命工作，工作了5年，才把赔偿金还完。说起我妈的第二段婚姻，穷倒不是什么大问题，最大的问题在于她就算是跟我爸离婚了，还是放不下怨念，非要跟我爸攀比。经济上比不过我爸，就比子女。

"当时爸爸和后妈生了个儿子，妈妈一直认为爸爸跟她离婚的一个重要原因就是她没生儿子，被重男轻女的丈夫嫌弃。所以妈妈也铆足了劲儿，喝中药、吃偏方，就为了在爸爸面前长脸，证明自己也能生个儿子。后来终于如愿以偿，和叔叔生了个儿子，也就是我弟弟。但是因为爸爸那边也生了儿子，妈妈就又暗暗下了决心，比谁的儿子更厉害。妈妈一直很努力地培养我弟弟，除了让弟弟学习，其他什么都不让做。在妈妈的高压下，弟弟的心理压力特别大，最后患上了严重的不洁恐惧强迫症。也是从那个时候开始，妈妈就过上了更不幸的生活。

　　"开始的时候，我们都以为弟弟是学习压力大，想偷懒装病，也没怎么放在心上。后来有一天一起出去旅游，那天弟弟特别亢奋，围着篝火一直跳舞。回家就不对劲了，说要洗澡，在宾馆洗了3个小时才出来，但一出来就吓到我了。那时候弟弟都已经是高中生，可他竟然直接光着屁股从浴室里跑出来，哭着说：'姐，你就不要说我了。让我自己晾干吧，毛巾脏！'当时可是大冬天，我们直接傻眼了。从那以后，弟弟的病情越来越严重。家里酒精都是成箱批发，弟弟不仅要用来擦手擦脚，连耳朵都要用酒精擦，时间长了皮肤都破了，后来身上都没有一块完整的地方。而且，弟弟对我们也实行了'禁令'，不准我们从某条街走，如果走了他会觉得我们不干净，就要从头到尾清洗。平时也绝对不让我们进他的房间，因为我们身上有东西'脏'。不过，这些都不算什么，如果仅仅是卫生方面有什么要求我们都可以尽力做到，关键是弟弟他自己心里的痛苦。他经常在房间里抱着头撕心裂肺地哭，我根本就不知道怎么劝他，听他哭得那么无助，感觉这种痛苦一点儿也不亚于针扎刀捅。不过我妈挺坚强的，后来带着我弟弟去看了心理医生，特别耐心地照顾他，他才慢慢有了好转。

"可是怎么说呢？我妈这人可能真的是命不好吧，就在我弟弟刚刚开始有点好转的时候，我叔叔又出事了。本来叔叔退休以后找了个看仓库的活儿，挺清闲的，还能挣钱补贴家里。但是后来忽然得了脑血栓，前一天还是好好的人，第二天就完全不能动了，到现在都不能说话。我妈妈要同时伺候两个病人，你能想象这样的日子吗？每天面对完全不能自理的丈夫和有严重强迫症的儿子，什么样的女人能担起这样一个家呢？但我妈就能。而且她现在心态是真的好，每天乐乐呵呵的。后来她跟我说，她早就想通了，如果她现在倒了，这个家也就完蛋了，所以不管怎么样她也要撑下去。"

Dana 说到这里，一脸钦佩。Dana 妈妈的坚强确实很让人佩服，但 Dana 说，她觉得很大程度上，那些不幸也来自妈妈的性格。如果当初妈妈在和爸爸的婚姻里不那么卑微和无私地奉献，如果在和叔叔结婚后不要让下一代去暗暗攀比……如果这些"如果"都成立，也许妈妈就不会活得这么艰难。Dana 说她自己也想开了，在人生这场艰难的旅行中，我们注定要经历各种各样的苦痛折磨，没必要将苦楚放大，也没必要怨天尤人，放下心中的负累就好。人生就像一部电视剧，主人公的命运各不相同。有人笑着生活，有人哭着生活。但活着、经历着、坚持着，本就是一件可喜的事，有什么理由不珍惜呢？

Dana 能有这样的感悟，除了吸取了她妈妈的经验之外，也因为她自己经历了很多，才能这么深刻地领悟到幸福的真谛。

小时候父母离异不仅仅造成了 Dana 妈妈的不幸，也是 Dana 苦难的开始。当时父母感情相当恶劣，爸爸妈妈都不愿意要她，爸爸是因为重男轻女，而妈妈则是赌气：你不要，那我也不要。于是 Dana 被送到了奶奶家，但是奶奶开杂货铺，卖干鲜水果，每天很忙，根本顾不上她。后来 3 岁多的 Dana 被大姑从宝鸡接到咸阳一起生活。大姑是工厂工人，也是女强人，平时比较威严，很少和 Dana 交流。在大姑家，小孩子不允许上桌吃饭，旁边放个凳子，小孩子都在凳子上吃，这让 Dana 从小就很自卑。但有时候就连小凳子的待遇也享受不到，当 Dana 犯了错或者跟大姑家的表哥打架的时候，大姑就会把 Dana 的手绑起来，以不让她吃饭作为惩罚。

一年级的时候，妈妈来看 Dana，当时 Dana 看大姑朋友的女儿穿过一件绿色平绒的小外套，她很喜欢。妈妈要走的前一天，问 Dana 想要什么，Dana 立马说要衣服，就是那个绿色平绒的小外套。妈妈答应去买，Dana 非常开心，在家里等了一下午，但妈妈回来的时候，带回的却是咖啡色的条纹衣服。这让 Dana 无比失望，一直梦想的小外套，本以为自己绝对不会有得到它的机会，但是妈妈给了她希望，可满心欢喜地盼望，换来的却是一场空。这件事深深地伤害了 Dana，让她至今都无法忘记。她很不明白，为什么明明答应了她却说话不算话？别人可以跟爸爸妈妈幸福地生活，自己却只能偶尔见一次爸爸妈妈，Dana 觉得很委屈，想哭又不敢哭，怕被大姑打，于是故意摔倒破了皮，这样就可以哭了。爸爸也来看过 Dana 一次，他带 Dana 去商场，问她想买什么，其实 Dana 什么也不想要，她只想和爸爸回家，可是爸爸妈妈都有各自的家，却没有一个 Dana 可以回的家。Dana 最后要了一块电子表，因为有了它，她就可以数爸爸下次来看自己的时间还有多久了。

三年级的时候，Dana 被爸爸接回奶奶家上学。那时候爸爸刚买了新房子，带 Dana 过去参观，Dana 第一次看到那么好的房子，又大又漂亮。当时爸爸朋友也在，看着 Dana 跑来跑去特别开心的样子就说"太好了，刚好儿子、闺女一人一间"。Dana 那时候还没有过一间属于自己的房子，住在奶奶家的时候一直睡在一个杂物间，奶奶总是从那间房进进出出，所以根本就不算 Dana 的房间，在姑姑家更是只有一张小床的空间。现在爸爸有了漂亮的新房子，Dana 也是满心欢喜，总算可以拥有自己的房间啦！不料爸爸 盆冷水泼了下来："那不行，儿子一个房间，另一个房间得跟客厅打通，必须要大客厅，才够气派。"Dana的心瞬间从艳阳高照的山峰跌落到冰封数尺的深渊，她当时心里如刀绞般难受，表面上还只能装成无所谓的样子。更让她失落的是，后来她去爸爸朋友家玩时，发现朋友的女儿和自己同龄，那个女孩的房间很大很漂亮，墙纸是桃心的，窗边挂着粉色的小窗帘，地上做了榻榻米，书柜分了两层，里面是满满的玩具和娃娃……Dana看了很是羡慕，这才是那个年纪的小女孩该有的房间啊！

　　Dana的坎坷童年，很大程度上影响了她对爱情的态度。看得出来，她很渴望被爱，认准一个人就会用力去爱，所以在爱情上她也没少受伤。Dana谈的第一个男朋友叫阿J，长得很像刘烨，外号"小刘烨"，阿J后来考上了北京的一所艺术类院校。Dana本来想去画画，但后来听了爸妈的劝说直接去了事业单位，找了份稳定的工作。阿J家里经济状况不是很好，生活费总是不够用，当时Dana每个月的工资只有1000多元，但还是拿出500元给阿J寄去做生活费，剩下的用来支付自己的生活费和两个人的电话费。Dana属于宁可自己吃苦，也要让男朋友过好的那种女孩，再加上阿J很会哄她，Dana虽然过得苦却还是很开心。

　　但是有段时间，Dana觉得不对劲了，她有一周没有联系上阿J了。之前虽然阿J也很少主动给Dana打电话，但从来没有失去联系这么久过。于是Dana给其他认识的同在北京的同事打电话，有一个男孩告诉她"阿J跟别人好了，以后别给他打钱了，也别打电话了"。Dana 听完慌了，第二天一大早就去单位找领导请假，然后回家告诉奶奶说阿 J 出事了她要立马去北京，奶奶一听也着急，当场就给了她 5000 元，让她赶紧去。于是从来没有去过北京的 Dana，当天就买机票到了北京，打车到了阿 J 的学校。但面对偌大的学校，她根本不知道阿 J 在哪里，只好在校门口等。她从中午等到傍晚，真的等到了阿 J，可阿 J 不是一个人，臂弯里还搂着一个漂亮的女孩子。见到 Dana，阿 J 先是一愣，随即解释说这女孩是学妹，女孩很轻蔑地瞥了风尘仆仆的 Dana 一眼。后来听说这个女孩是典型的"白富美"，住在学校的 H 楼——他们学校的 H 楼很有名，单间、配备电脑、电视、洗衣机，可以说是宿舍中的顶级配置了。跟那个女孩比，Dana 没学历也没家境，唯一有的只是一颗对阿 J 的真心而已。阿 J 很尴尬，也不知道如何处置这种局面，倒是其他认识 Dana 的同学都很高兴，亲热地和 Dana 打招呼。Dana 率先打破了僵局，说要请老同学们以及阿 J 全宿舍吃饭。席间 Dana 一副什么事儿都没发生过的样子，感谢大家对她男朋友的关心和照顾。Dana 的率性让她和阿 J 舍友的女友 S 成了好朋友。都说恋爱中的女人智商为零，Dana 就是这样，当时请吃饭的时候，她满脑子就一个想法，只要阿 J 说跟那个女孩之间没有什么，她就信！

离开北京前，Dana 把手里剩下的 4000 元，扣除了回家的火车票和一袋方便面的钱后，全部留给了男友。但是 Dana 回家后不到一个星期，就收到了 S 的消息：阿 J 已经和那个女孩住在一起了。Dana 还没消化完这个消息，第二天更坏的消息又来了：阿 J 被警察抓了。原来阿 J 和那个女孩挥霍光了 Dana 留的钱后，那个女孩还跟阿 J 索要礼物，阿 J 无奈之下偷了舍友的手机。舍友苦寻无果就报了警，后来追查出了阿 J。听到消息的 Dana 当机立断，必须先把阿 J 弄出来！这需要一大笔保释金。Dana 马上给阿 J 的妈妈打电话，可是阿 J 的家境摆在那里，他妈妈也没办法。Dana 想不到别的办法，和家里哭着闹着要了 10 000 块钱，终于把阿 J 从看守所里救了出来。阿 J 因为偷盗被学校开除，只好回到宝鸡，在 Dana 的支持下开了个摄影工作室。

当时 Dana 的爸爸有个开矿的朋友，资产上亿，他的儿子非常喜欢 Dana。Dana 爸爸和后妈也很支持，极力撮合他们，告诉 Dana 如果嫁好了，可以少奋斗很多年，到时候 Dana 可以画画或者干其他任何喜欢的事情。但是 Dana 却觉得有情饮水饱，她宁愿跟着阿 J 吃苦。当时，Dana 白天上班，中午就趁午休时间去阿 J 的工作室帮忙，下午一下班也是匆匆忙忙跑到阿 J 那里去，很多时候饭都顾不上吃。在工作室里，化妆、拉生意、买服装道具等都是 Dana 来做，她当时只有一个想法，那就是赶紧挣钱早点结婚。

事情远远没有 Dana 想的那么美好。有一天，Dana 在办公室里给阿 J 打电话，想约中午一起吃饭，可是听着电话感觉有些不对劲，虽然说不上来到底哪里不对劲，但女人的第六感总是很准确。当时 Dana 班也不上了，假都来不及请，直接打车直奔工作室。一下车看见阿 J 的朋友们在外面抽烟，Dana 马上问阿 J 呢？朋友们都遮遮掩掩、闪烁其词。Dana 立刻冲进屋里，进屋后就看见阿 J 和一个女孩正搂着亲，她当时都快气炸了。其实之前也有别人告诉过她，阿 J 找"小姐"，可是她从来不信，现在事实摆在眼前，她只觉得撕心裂肺的痛。她失去了理智，一顿疯狂乱砸，吓得那个女孩一直尖叫"要杀人了"。阿 J 从来没见过 Dana 这么癫狂的样子，吓得也跪在地上："都是我的错，求求你，不要砸店！"那一刻，Dana 看着这个跪在地上痛哭流涕地承诺会改的男人，这个自己爱了好几年、为他付出了一切的男人，忽然感到一种深深的绝望：自己给了他无数次机会，给了他自己拥有的一切，可是到头来得到了什么？那一刻，她全身的力气似乎刹那间被抽走了，浑身发软，瘫坐在地上，哭也哭不出来，满心剩下的只有失望。那一瞬间她忽然觉得自己累了，再也没有力气继续爱这个男人了。Dana 用力地打了阿 J 一巴掌："咱俩完了。"

就在 Dana 对爱情绝望、几乎不再相信男人的时候，她认识了现在的老公萧。两个人是相亲认识的，那时 Dana 拗不过家里安排，只好同意去相亲。但戏剧性的是，第一次相亲 Dana 就被放了"鸽子"，对方说有事情，吃饭的时候没来。要是以前，Dana 肯定不会同意见第二回。但缘分这东西真是妙不可言，当时

Dana 决定再给他一次机会，于是给对方打电话："明天继续约。"其实 Dana 当时满心想的都是："敢放我'鸽子'？明天狠狠吃你一顿，然后不理你了！"第二天，两个人去吃了香辣蟹，Dana 还故意让对方去很远的店里买印度抛饼，萧立刻去了。萧给 Dana 的印象是人挺好，面相善良，还算合适。但是 Dana 当时不想谈恋爱，按她自己的话说当时心都已经麻木了，或者说还是放不下从前。

萧在一个知名国企工作，很平凡，也不懂得浪漫，只是很实在地对 Dana 好，两个人慢慢熟了起来。Dana 上班的同时又开了个服装店，生意挺好。阿J听说 Dana 有钱了，就经常来服装店找 Dana，想和好。可能是出于初恋情结吧，Dana 无法拒绝阿J的要求。本来这时候 Dana 已经打算跟萧交往，可是因为阿J她又动摇了，想想浪子回头金不换，既然阿J肯悔过，为什么不再给他一次机会呢。萧知道了 Dana 的决定后只是说："我尊重你的选择，但我也已经选择了你，我认定的事不会变，我会一直等你。"Dana 虽然感动，却还是投向了阿J的怀抱。没想到，江山易改本性难移，在和 Dana 复合后，阿J居然又瞒着 Dana 和她的女顾客好上了。

Dana 彻底心凉，那段时间萧一直陪在她身边鼓励她、安慰她。Dana 终于决定，踏踏实实和萧过日子。萧是交大研究生，也是他们单位最年轻的领导，工作认真，为人谦逊，又是个暖男。在家里，Dana 的床头都会放着一杯热水，以备她口渴可以随时喝；每天 Dana 早晨醒来，早饭都已经买好放在桌上了。萧对 Dana 可以说是无微不至。最让 Dana 感动的是，在萧的鼓励和支持下，她重新拾起了自己的爱好——画画。她现在在淘宝做古绣设计，还成立了半山古设计工作室，生活过得充实甜蜜。

Dana 这一路走来，有坎坷也有幸福，我很开心能看到她最终走出原生家庭的阴影，获得自己的幸福。人这一辈子，一定会遇到一些不好的事、不好的人，重要的是，女孩子在爱情面前，一定不要放低自己，不要迷失自己，只要放下心中的负累，都可以活出自己的美好。

亲爱的，我们可以从头再来

现在很多年轻女孩子有恐婚倾向，觉得万一遇人不淑，自己的一辈子岂不是都毁了？但恐婚的同时也很焦虑：如果自己一直嫁不出去，就要变成剩女惹人耻笑。所以她们一方面对婚姻忧心忡忡，一方面又很迫切地想把自己嫁出去。M 小姐就是这样的典型。25 岁的时候，她看见周围很多朋友结婚生子，于是心里也着急起来，在父母的安排下第一次相亲，很快就去领证了。结婚后，她发现老公不是她想要的那种类型，觉得自己简直是"一失足成千古恨"。看着周围很多条件不如她的女孩，找的老公都不错，她对老公就更加怨怼，对婚姻更加不满。可是她又不想离婚，于是就这么将就着继续过下去，经常感叹自己一辈子就只能这样了。其实我想说，婚姻不是女性的藩篱，我们还可以从头再来。婚姻就像一场自驾游，路上车出了故障，谁规定了不能检修、不能换车呢？

我认识一个女孩叫曾曾，思想传统，是个娇小漂亮的成都姑娘。她之前有过一段失败的婚姻，心灰意冷之下没有选择将就，而是决然地离婚了。再次单身后的曾曾，对待婚姻更加慎重，在挑选老公这件事上不再将就，一定要找个脾气秉性都投契的才行。她现在的老公是知名火锅企业的创始人，全国有 100 多家连锁店。刚结婚的时候，很多人觉得曾曾配不上她老公，"这么有钱有能力，随便就可以找个二十几岁的年轻女孩"。曾曾笑着跟我说，:"在别人看来，是我配不上他。但要让我看，他还配不上我呢。我离过一次婚，他离过两次婚，还有两个孩子。我才30，他都40了！你看看，是不是他配不上我？"曾曾这么"抱怨"的时候，眼角眉梢充满了幸福和满足，能看得出来她对这段婚姻很满意。

其实刚开始跟这个男人谈恋爱的时候，她也非常犹豫，担心这次婚姻是否能够白头。离过婚的人再次步入婚姻其实更艰难，他们首先要疗愈上一段婚姻的伤痛，然后才有勇气接受下一段婚姻。结婚前，老公对曾曾说了一句话："我不会让你再离婚了。"大概只有离过婚的人，才能体会这份承诺的分量吧。就是这句话，打动了曾曾，让她放了心，认准这辈子就是他了。曾曾说，她不敢说他是个绝顶的好老公，最起码他是一个对家庭负责任的男人，这就值得与他共度一生。

像曾曾这样敢丁从头再来的，真的很勇敢。在婚姻中，很多时候不光是感情需要重来，事业也是一样。人生充满大大小小的坎坷，没有任何人一生都一帆风顺，能否走出低谷，就看你有没有东山再起的野心和从头再来的勇气。

A小姐和我是高中同学，在我们同龄人中属于结婚比较早的。我刚回国每天给李先生打夺命连环Call的那段时间，她忽然联系我，要和我借钱。我一打听才知道，她和老公供着房子和车子，每个月都要还房贷、车贷，第二天就是扣款日，她的卡里却空空如也。当时她老公正在和朋友创业，资金全投进去了。那时候她肚子里还怀着娃，每天大着肚子帮着跑手续、揽业务。他们的想法很美好，希望在孩子出生之前公司能开始盈利，这样就可以给孩子更好的生活。

但事与愿违，公司不受市场认可，勉强支撑了大半年，最终还是黄了。房子都卖掉了却还是没有补上老公创业失败的资金缺口。那时候，他们的孩子刚几个月大。A小姐除了照顾宝宝，每天还要不断给老公打气，闲下来的时候就思考生财之道，想着怎么帮老公把难关度过去。后来，她在照顾宝宝中得到启发，开了自己的母婴服装店，几年后做成了知名的大品牌，在宝妈中很受欢迎。

跟A小姐相比，Hele就没那么坚强和幸运了。Hele比较活泼，结婚后很喜欢在家里做甜点和研究菜品，经常在朋友圈晒美食，一家子的生活非常幸福和睦。但是儿子3岁那年，她老公的公司破产了，房子车子都抵押了出去，一家人只能去租房住。后来再见到Hele，她说现在一家人还在租房，不过老公已经去上班了，言辞之中提及当初破产的事，她不停地抱怨老公不该冒险投资，失败了悔之晚矣。当初活泼灵动的Hele，眼中已经没有了之前的灵气，反而充满了怨怼和失落。

其实Hele和A小姐的经历很像，都是老公创业失败生活跌入低谷，不同的是，A小姐和老公相互鼓励、相互扶持，一起走出了困境；而Hele至今还没有走出来。人生的路在向前延伸，风景一定会变，我们每个人一辈子一定会遇到低谷，一定会遇到波折，但低谷也正是人生的转折点。处于这些转折点中，是选择止步不前、怨天尤人，还是选择从头开始、迎难而上，都取决于我们自己。而这决定了后面的路往上还是往下。

和 A 小姐一样，G 小姐也是从低谷中从头再来的女人，但她当初的境遇更惨一点。G 小姐最失落的时候，属于感情上被抛弃、经济上没有收入的单亲妈妈。那时候岂止是人生低谷，简直是被摁到了泥土里，可偏偏她没有颓废，反而倔强地在泥土中开出花来。

那时候 G 小姐经常被问："你怎么选择做单亲妈妈呢？""父母没有反对么？""孩子没有父亲怎么办呢？""你怎么可以一个人又带孩子又工作呢？"面对这一连串的问题，G 小姐只是淡淡回一句话："都是被逼出来的。"

在 G 小姐看来，自己在 30 岁之前根本不成熟，是被"圈养"的，直到遇到那个男人，让她痛，却也让她开始成长。

31 岁那年，G 小姐和朋友一起去游泳，遇到了生命中很重要的那个男人。那个男人完全是二次元里走出来的人设：高大、帅气、事业有成的完美的意大利人，最重要的是，还对我们故事的女主角 G 小姐一往情深。男人作为外派员工来到中国，常年来往于意大利和中国之间。这个意大利人见到 G 小姐的第一眼就被她迷住了，从此对她展开了疯狂的追求。一年后，G 小姐终于接受了他。两个人郎才女貌，属于天作之合。恋爱期间，G 小姐从来没有刨根究底去追问对方的底细，她相信自己的眼睛，对于自己爱的男人，她有自己的判断。女人在爱情中往往会变得盲目，G小姐跟那个男人在一起后就放弃了工作，做了他的"金丝雀"，而他也默默纵容了这一点。在一起4年后，G小姐怀孕了。发现自己怀孕时，G小姐想过要结婚，但又不希望自己的婚姻是因为有了小孩而"被迫"的，所以就没有提，而是满心期待地等着他主动求婚。没想到，G小姐等来的不是求婚，而是他已经有了家室的消息。朋友告诉她这个消息的时候，被爱情冲昏了头脑的G小姐根本就不相信，一直觉得朋友一定是道听途说搞错了。虽然第六感隐隐约约让她感觉到哪里不对，可她有她的骄傲，觉得他如果愿意说肯定会主动告知，不愿意说她就绝对不会强求。

后来，男人从朋友那里知道G小姐已经听说自己有家室有孩子的事，他终于坦白了，但语气云淡风轻，并希望和她继续保持这样的关系。G小姐那时候对这个男人抱有幻想，因为很多男人搞外遇，往往是因为和妻子感情不和、婚姻不幸福，男人说的正是这样的理由，并承诺会和老婆离婚，G小姐傻傻地相信了，一心期待他早点离婚娶自己。没想到，孩子生下来一个月的时候，他突然被调回意大利，临走让G小姐等他。后来七八个月的时间里，G小姐发现，男人的心根本不在她和孩子身上，经常一个月都不来一个电话。痛苦、思念和质疑疯狂地折磨着G小姐，却也让她痛定思痛。她终于明白这是一场畸形的恋爱，在爱情的空间里，是不允许第三个人存在的。同时她也开始反思，她对这个男人的认识只是通过他自己传达的信息拼凑出来的，那个英俊的、才华横溢的、有担当的形象都是被他美化过的。她根本就不了解真实的他，不清楚他的家庭、他的过去——细思极恐！这所有的一切，让 G 小姐清醒过来，她意识到不能再对这个生活在另一个大陆的男人抱有希望，必须让自己强大起来。那一阵子，G 小姐像海绵一样，疯狂地学习，努力把跟男人在一起的 5 年里落下的知识都补起来，让自己从头开始。

8 个月后，男人出人意料地回到了中国——带着自己的老婆。他把老婆安置到酒店，独自来找 G 小姐。前一天他说"I always love you（我一直都爱着你）"，深情的表白让 G 小姐又有点心动了；第二天他却又说"I have to leave you（我一定要离开）"。前一天深情款款，第二天却冷漠决绝，这个变化，让 G 小姐措手不及。此时的 G 小姐才醒悟，他的一切深情只是表演，他的一切表白都是花言巧语，目的只有一个：同意他带走孩子。G 小姐当然不同意，于是他搬出了自己的老婆。

其实之前他妻子就知道 G 小姐的存在了，只是一直都表现得很平静，似乎是默许了。但是当这个女人来到男人和 G 小姐一起住的房子，丈夫和另外一个女人在一起的事实就这样真实地呈现在她的眼前，她瞬间崩溃，开始发疯般地吵闹、吼叫。G 小姐完全不吭声，她也不知道自己为什么在那个时候可以如此平静。他的妻子平静下来后，三个人开始谈判，他们开出各种条件，唯一的要求是带走孩子。G 小姐全程不说话，只是涉及孩子被带走的问题时，冷漠但坚定地回一句"Impossible（不可能）"。意大利人也懂得软硬皆施，他们先来硬的，威胁说如果孩子不给他们，那么房子就要还给男人，而且他不会付一分钱赡养费！

G小姐这才知道，男人一开始买房子的时候就已经做好了分手的准备。以他的经济条件来说，把房子全款买下来完全没问题，而他却选择支付几十万元的首付，后来每个月还月供；房子名字写的是G小姐，一旦分手，他不再需要这个房子时随时可以抽身离开，房贷则留给她继续还。而他从来没有为G小姐考虑过：已经不工作的她哪里有能力还贷？那时候G小姐才醒悟，这个男人从一开始，就没有想过跟她过一生，更遑论跟妻子离婚了。他当初给她希望，说会跟妻子离婚，会娶她，不过是哄骗她罢了，可笑她还傻傻地信了，痴痴地爱着、等着，最终等来的却是这场争夺孩子的战争。

男人夫妻俩见威胁不行，只好来软的。他们承诺，只要G小姐把孩子给他们，他们会买下房子送给她，还会给一大笔钱作为补偿。G小姐听了这话反而被气笑了，他们以为她会卖儿子吗？总之，在这场争夺战中，G小姐就像一团棉花，无论他们用什么样的拳头打过来，都被她化解于无形。三个人吵也吵不起来，打也打不起来。最终，无奈之下，男人和他妻子失望地离开了。

有时候，G小姐还天真地想着，他应该还会回来的吧？毕竟他们有过非常温存幸福的5年时光。退一步讲，就算他不再爱她，至少会挂念儿子，一定会回来看看吧！哪里知道那个男人走了后，再也没有回来过。高傲如G小姐，当然不会允许自己主动去联系那个男人，于是1年、2年……好几年过去了，他们彻底断了联系。

感情上被抛弃、没有工作、没有收入来源，G小姐有的只是一个单亲妈妈的身份和对未来的惶恐无措。人生最低谷的时候，她没有时间哭，房子还需要供，孩子还需要抚养，她要赶紧强大起来。已经几年没有工作的她，马上开始找工作。当时她爸爸也生着病，几乎半瘫，最无助的时候，还是妈妈和哥哥出钱出主意帮了她。G小姐那时候才知道，只有亲人才会对自己不离不弃。当时妈妈一边照顾爸爸，一边帮她照顾孩子；哥哥则跑前跑后，帮她把房子租了出去，这样租金就可以还部分房贷了，同时帮她找到了一份工作，虽然每月工资只有几千块，但毕竟也是一份收入，可以还房贷和养孩子。

现在，几年过去了，G小姐走出了低谷，升职做了部门经理，有了不错的收入。她现在忙得连恋爱的时间都没有，时间都给了儿子和工作，根本没时间约会。工作让她充实，不错的收入也让她有了安全感，儿子则带给她乐趣，是她忙碌生活里的安慰。现在回顾过去，G小姐已经可以笑着谈起那段往事，正是经历了这些，她才获得了成长。她甚至感激那段人生的低谷，那段走投无路的时光，正是那段经历让她发现，自己不但不用做金丝雀，还完全可以成为一个女强人！

现在她已经看明白，无论你处境多么糟糕，都不要放弃努力，不要失去希望，因为在低谷中的自己，往哪个方向走都是上坡。她说她后悔的不是当初爱错了人，而是爱上他的时候丧失了自我。好在，一切还都可以从头再来。

的确，我们从懵懂走向成熟，中间肯定会走一些弯路，受一些伤，这是我们成长的代价，也是人生路上必然要经历的。有些人与事，只有经历了，你才能品尝出世态百味，虽然有些伤会痛，但那些伤疤，会让你学会坚强。所以，无论之前经历过什么样的伤痛和低谷，都没有关系。姑娘，我们可以从头再来。

是的，我曾经是抑郁症患者

身边很多人对我说过"羡慕"二字，羡慕我的浪漫异国恋情，羡慕我四个可爱的儿女，羡慕我有和睦恩爱的家庭和一心热爱的事业，更羡慕我可以经常飞往世界各地去旅游，事业、婚姻、享受二不误。

听上去确实挺美好的，不过说出来大家可能不信——我曾经是一位中度抑郁症患者。这个病名字不好听，很多人一听就觉得这人是神经病。当时有个朋友告诉我，抑郁症是世界上最难治疗的病症，比如张国荣就是被这个病带走的。还有朋友提醒我，不要让别人知道你有抑郁症，这样大家都不愿意接近你。幸好我天生就有乐观精神，当时想就算真的治不好也没什么，终身服药也没关系，像吃维生素一样，天天吃又能怎样？

在得抑郁症期间，有一件事让我非常震撼：一个患了抑郁症的北漂女孩赛娜，在微博留下遗言后，从高楼跳下，结束了自己的生命。这是她在微博最后的留言：

"并非新闻报道通常说的想不开或某种压力过大而轻生。已经抑郁多年，一直没法完全感受到正常人的乐趣和追求，只是因为自己生性冷漠被动。元旦高烧 3 天后，开始经历抑郁症爆发，整夜失眠，兴趣欲望全部消失，抗拒交流，变得邋遢懒惰，身心状态全面恶化。春节前在安定医院确诊为重度抑郁症，发展至今失去大部分记忆、思考、交流和行为能力，没有方向感，无法组织语言文字，大脑仿佛被绑架了，不再关心任何事物，斗志丧失，幻觉丛生，甚至基本的点餐、发邮件等活动也难以顺利完成，药物治疗的副作用更像恶狗噬咬身心。现在意识已经濒临分裂边缘，入院是唯一选择，但明白医治这精神癌症耗时、耗财而且效果难以保证，即使有幸痊愈，失去工作能力的前精神病患在现今社会也难以谋生，更害怕长期服药和随时可能复发的阴影相伴终生。自知不属于意志力强大的人，无力继续与日夜不断的恐怖体验纠缠，不愿就此生活在议论和同情中，亦不愿给脆弱的家人再增加长期照料病人的精神和经济负担。责任和道理我都明白，也曾尝试自救，但身心脱离自我控制，时刻被绝望和无力困扰，滑向黑暗深渊的痛苦实在不堪忍受，反复思考后还是选择自行结束。请大家理解我的挣扎和无奈，原谅我的自私和懦弱。再见，爱你们。"

当时看完她的微博，我心里一直祈求千万不要死，千万不要自杀，希望这是假的，哪怕她是为了炒作，也好过这是真的。但是第二天噩耗传来：她真的跳楼了！同样有着抑郁症的我，心里的沉重无法用语言来表达。

那时候，身边时不时有一些人得抑郁症的消息或者新闻传来，有名人，也有身边的人。比如我很喜欢的一名作家张德芬也曾经是一名抑郁症患者，她的书《遇见未知的自己》成为很多都市人心灵修行的必备手册。作为一名抑郁症患者，有了深入骨髓的疼痛以后，会更加深刻地反思：什么是幸福？什么是快乐？如何变得快乐？张德芬是在美国患上的抑郁症，而我是在韩国留学期间患上的——也许背井离乡的孤独是抑郁症的病因之一吧。那时候，我压力很大，一想到未来，全是消极的思想，唯一的好处是这种消极的想法会激励我不断去奋斗。但人不是机器，张弛有度才是做事之道，生活中也需要阳光和快乐来中和一下我的压力。可当时我没有，就算自己做得再好，我也会担心：如果以后我失去这些怎么办？我的这种状况，泰勒·本·沙哈尔在他的著作《幸福的方法》中总结过。他把人归结为4个类别：1. 忙碌奔波型：为了未来的目标，牺牲现在，不断艰苦奋斗，认为"一旦目标实现，就会开心快乐"。2. 享乐主义型：把努力和痛苦同化，认为只要努力就是痛苦，逃避痛苦和将来，只享受当下。3. 虚无主义型：除了眼前的不幸，什么都看不见，看不到任何未来和希望。4. 感悟幸福型：追求自己目标的同时，也享受当下这个过程的快乐。

我是介于忙碌奔波型和虚无主义型之间的类型：现在不快乐，希望以后能快乐，现在不断努力，但却不知道未来的光芒到底在哪里。

在韩国期间，我的精神一直绷得很紧，不过在工作的时候，我能暂时忘记这种紧绷。和微博上那位姑娘不同，我有自己热爱的事业和深爱的家人，所以有动力也有所依恋。抑郁症虽然是心理疾病，却会带来生理上的痛苦，当时我时常会出现腹痛、胸口痛、背痛等身体反应，一开始我还不知道自己得了抑郁症，一直以为是压力太大而已，也没放在心上。后来我无意中看到一个关于抑郁症的测试，抱着试试的心态去做了一下测试，结果显示我真的有抑郁症倾向，但是我不想告诉别人，况且这也只是倾向而已，只能努力地自我调节。我看了很多关于抑郁症的书籍和各种"鸡汤"文，可惜没什么效果；我也想过用宗教来治疗自己，看了一些佛学方面的书，还尝试用念经的方法来改善抑郁，可是都没有用。后来回到国内，因为没有朋友，整天也无所事事，病情就更严重了。那个时候，除了做护肤品和照顾孩子能唤起我的一点点热情，其他时候我都不愿意出门，感觉整个世界似乎都对我充满恶意。

我有一个本家哥哥在深圳做心理医生，但即使这样方便的条件我都没有想过和他谈心，因为我觉得这个病真的难以启齿，而且一旦被家人和朋友知道了，除了让他们担心一点好处都没有。哥哥的妻子也是心理医生，曾经专门去香港进修过心理临床方面的课程。于是我趁着去深圳旅游的机会，有意无意地问她一些心理方面的问题，类似"抑郁症一般是怎么诊断的"。嫂子不疑有他，一条一条地讲给我听，她说的跟我的情况竟然有80%以上吻合。这个时候，我基本上确定自己得了抑郁症。有问题就要面对，我想着既然确定得了这个病，就要治疗，于是我把自己的情况一五一十地和嫂子说了。经过进一步的诊断，嫂子确诊我的情况属于中度抑郁，需要吃药治疗。哥哥当天晚上就知道了我的病情，给我打电话，责问我为什么不告诉他，又安慰我说这个病没太大关系，可以治愈。哥哥有七八年的关于精神心理方面的治疗经验，详细了解了我的情况后，给我开了药。我吃了一周效果很明显。我觉得自己好得差不多了，就把药停掉了，没想到后来又复发，只好再吃药。这样反反复复几次后，哥哥又打电话过来，叮嘱我要坚持吃药，就算是好了也要再吃上几个月巩固一下才行，这样复发的几率就会变小。我听了哥哥的话，经过近两年的吃药治疗，后面果然没有再复发。现在，我的抑郁症早就好了。我很想告诉大家，抑郁症不是精神癌症，得了癌症的人，也许生死不能掌握在自己手中，但抑郁症却是可以控制的，只要正确地面对，科学地治疗，积极地进行心理锻炼，是可以慢慢调理痊愈的。

说到我抗病的那段时间，还要感谢李先生的理解。很多抑郁症患者因为得不到家人的理解而病情加重，李先生却没有给我这方面的压力。许多人对抑郁症有误解，认为就是想不开而已，多想点高兴的事就好了，甚至有人认为这是矫情。其实，能自我调解的悲观情绪是忧郁，而抑郁症是无法自我调解的。抑郁症患者不仅情绪上悲观低落，还会有生理上的疼痛，严重的还会自残甚至自杀，这些都不是自己可以控制的。因此对于抑郁症患者来说，家人的理解很重要。

李先生知道我得了抑郁症之后，对我说："有病就要吃药。"那时候除了李先生，身边的人对这个病都有不同程度的误解。公公说这是最难治的病，担心治不好；有的朋友会觉得你得了这个病会很没面子，不能告诉别人这些都不正确。李先生没有觉得我矫情，也没有一味要求我想开点，他只是用开玩笑的方式鼓励我：

"有病就要治，就要正视自己的病。"对于抑郁症患者来说，他们真的很需要一个人用轻松的语气告诉他："就去治啊，又不是什么治不好的病。"就像李先生那样。李先生是个十足的乐天派，他总是能给我很大的动力和支持，生老大的时候就是这样。当时我肚子里的胎儿脐带绕颈两周，儿子生下来之后全身发紫，但是李先生看到后第一反应是："哇！紫霞仙子来了。"那时候我很焦虑，担心儿子的健康，但李先生表现得很乐观，还不断地安慰我。

虽然未来的人生还会面对各种压力，但对我这样曾经的抑郁症患者来说，不抑郁的每一天，都非常的珍贵，都能感受到发自内心的快乐。今生遇到李先生是我的幸运，他虽然不是什么"高富帅"，但是遇到问题的时候，他总是毫不犹豫地支持我、鼓励我。这给了我莫大的力量，让我能披荆斩棘、勇敢前行，因为我知道，无论发生什么，都有爱我的家人在身后支持我，还有什么好担心的呢？

收不收拾老公的臭袜子？

李先生虽然好，但我们也吵过架。小两口哪儿有不闹矛盾的呢？毕竟男女思维不同，肯定会有很多摩擦。

台湾地区的洪兰教授曾在演讲中用一个形象的案例解释了脑科学，说明男女思维的不同。

男人看妻子在厨房忙着，问："我能帮你吗？"

妻子说："好啊，你把那袋马铃薯，一半削皮，放在锅里煮。"

结果，男人是这么做的：他把每只土豆一半削皮一半带皮放在了锅里。

男人和女人的脑回路真的是不一样。

洪兰教授说，男女思维的差别还体现在，同样是吵完架，男人可以做到立马倒头呼呼大睡，女人却会因为生气好长时间都睡不着。这是因为男人制造血清素的速度比女人快52%。

阿伦·皮斯夫妇合著的《亚当的脑夏娃的脑》中也举了类似的例子，里面提到女人比男人更喜欢聊天，男人每天只需要讲7 000字，而女人需要讲20 000字。书里有趣地展示了男性和女性之间思维的差异，并指出感性是女性的专长，我们拥有天生的直觉、理解力、柔性、协调性等优势，可以对抗和平衡男性的理智、冷静、直线式的逻辑思维。

这种对抗和平衡不仅体现在工作方面，也体现在夫妻的日常生活中，比如，吵架是婚姻中绝对不会缺少的调味剂。当然了，大多数时候都是为了鸡毛蒜皮的小事吵架，没有多大意义。而且吵架的时候，双方根本不会听对方在说什么，越吵越情绪化，不仅无法沟通，也不会解决实际问题。现实中，俩人一旦开始吵架，你一句我一句，火气就会越来越旺，这个时候需要一方先转移话题，让双方冷静以后再谈，一般情况下担当这个角色的往往是男人。

说到吵架，我想起了一位性格火暴的姐姐。这个姐姐的老公性格沉稳，就算泰山崩于前，也可以做到脸不改色。在我看来，这个男人和火暴姐简直是绝配，一个是火山一样的性子，动不动就喷发；一个则是深潭一样的脾气，能包容一切。听了我的评价，火暴姐淡淡一笑："世界上任何一对夫妻，不管他们有多般配多恩爱，一生中也会有100次想杀死对方的冲动。"人和人在一起生活，怎么可能没有矛盾？就看你能不能接受，能接受则万事大吉；不能接受就试着改变。改变得了，那没问题；改变不了又仍旧不能接受的，就只能说再见。

正如杨澜所说"如果什么东西坏了就想换，任何一个婚姻都不可以长久"。换句话说，每一个看上去幸福美满的婚姻，都是在大家看不见的地方化解了无数鸡毛蒜皮的矛盾。我和李先生也是这样。

作为一个中国女孩，我带着未卜的前途和对未来的茫然不知所措远嫁韩国。我嫁得比很多姑娘都复杂，因为跨国婚姻远不止两个家庭的问题，还牵扯到两个国的事，需要面对不同的地域文化、不同的成长背景、不同国家的价值观。让我死心塌地跟着另一个国家的男子走进婚姻的唯一动力，就是我俩对彼此的真心和爱。我当时心里想的是，既然认准了他，别说他是个外国人了，就算是个怪物，我也义无反顾。

说起来，爱情真是一种很神奇的东西。初次见面，我光着湿漉漉的脚丫坐在李先生身边和他一起吃饭。后来我又在KTV看到他主动结账，化解了另一个男生忘带钱包的尴尬。恋爱时，李先生每天都来接我下班，送我回家后他再回去。他的包里永远都有为我准备的小零食，并且时不时地变朵玫瑰花出来满足我的少女心。后来我们两地相隔，只能靠国际长途互诉衷肠，思念的痛苦让原本要去澳大利亚留学的我违背了父母的心愿转而选择了韩国的首尔大学。我俩结婚时，没有奢华的婚礼，也没有豪宅名车，只有彼此交换的戒指和真心，从此，死生契阔，天涯相随。再后来，我们有了4个属于自己的孩子。身边的朋友常羡慕地说我有4个男子汉保护。是的，家里的几个男人总是因为我争风吃醋，儿子们看到爸爸亲妈妈，也会要亲亲。在孩子面前老公从不掩饰对我的爱，用他的话说"爸爸给孩子最好的教育就是爱妈妈"。

所有的一切，看上去都幸福无比是不是？但大家不知道的是，这些温暖和幸福的背后也充满了心酸。比如一开始住到一起，生活习惯肯定不同，这就需要磨合。结婚前就有个姐姐跟我说过：

不管你在外是多么光鲜的女强人，回到家看到老公到处乱扔的袜子，也只能帮他扔到洗衣机里去。我跟身边的朋友一打听，发现好多男人都有袜子和内裤乱扔的坏习惯。大家都说她们也跟老公抗议过，但是说少了，老公不听；说多了，又嫌你唠叨。没办法，只能自己动手收拾他的臭袜子。好在我们家李先生不是这样，我们住在一起的时候，家里不收拾臭袜子的那个一般都是我！看到家里乱糟糟的，往往是李先生很受不了：一个女孩子的房间怎么可以这么脏呢？怎么能乱成这样呢？

刚结婚的时候，我和李先生免不了会有一些日常的小矛盾，不过我俩相处起来很默契，属于"一伸一缩"的那种类型。遇到他发脾气的时候我就缩一缩，认个错；要是我发火的话李先生就缩一下，哄哄我。总之我俩很少有针尖对麦芒的时候。真遇到两人都发起火来我也不怕他，说不过他我就哭，当然这招也不能老用，偶尔用一下还是很有效果的。我一哭李先生就不好再凶了，他又不想哄我，就躺在床上听我哭，听着听着他就睡着了。我的怨气没处撒，就把李先生叫起来，让他听我继续哭，哭完才让他去睡。有时候吵架吵得凶了也会冷战，但是我俩"战斗力"都强，冷战到一半莫名就觉得很孩子气，再加上李先生板着脸一副凶巴巴的样子瞪着我，我就忍不住笑出来，简直是一秒"破功"。李先生见我笑了，他自己也有台阶下，俩人很快就和好了。

不过婚姻不仅仅是两个人过日子，还会有"小人儿"加入进来。读硕士的时候我就生了老大和老二，带宝宝的那几年，生活简直可以用一团乱麻来形容。大的顽皮小的闹，家里似乎永无宁日：这个要抱抱，那个要妈妈讲故事；这个要妈妈陪着睡觉，那个要妈妈陪着玩游戏；刚刚收拾好屋子，转眼又被孩子弄得乱七八糟；刚想坐下歇会儿，两个孩子又喊饿了……当时的我恨不得自己有分身术。忙乱的生活一度让我陷入快要撑不下去的沮丧和绝望中。每次李先生下班回来，家里都可以用鸡飞狗跳来形容。李先生总是会过来帮忙，但往往越帮越忙。他给孩子冲奶粉会忘了加水，换尿布会把尿布随手垫在儿子枕头下……这样的糗事简直不胜枚举。很多时候照顾宝宝让人手忙脚乱，非常烦躁，可是这个过程也是痛并快乐着，毕竟与这些小天使带给我的快乐相比，那些小烦恼就微不足道了。

　　婚姻，在汉语词典里的解释是，婚姻是指结婚的事；因结婚而产生的夫妻关系。婚姻说简单也简单，男女走到一个屋檐下就是了，但说复杂也复杂，因为那是娘家和婿家两家人的结合。我和李先生是跨国婚姻，关于家庭的结合会面临更多的挑战，我必须带着中国人的脾性和生活习惯去适应韩国人的生活，这会有很多困难。最开始我不能接受李先生的工资都交给婆婆，婆婆也不能接受她的儿子在家洗碗。在我看来，一个爱家的男人洗碗是很正常的事，而婆婆却觉得她儿子洗碗有失男人的尊严。后来，我跟李先生达成共识，在婆婆面前我洗碗，婆婆不在他主动做家务，轻松搞定了这个问题。当然，再后来洗碗都变成了李先生的事，婆婆也默默地接受了。

　　总之，我跟李先生的婚姻虽然主调是幸福，但也充满了锅碗瓢盆的生活中碰撞出的小摩擦和小麻烦。这些小摩擦和麻烦一开始也给我造成了困扰，但后来想想，再恩爱的夫妻也有闹别扭的时候，更何况我俩的成长环境、所处国情有很大差异，相处起来也必定会有矛盾和摩擦。所以，改变别人不如先改变自己。我觉得婚姻有三重境界：第一重境界是和自己爱的人结婚，要做到这一点，就得问心而嫁，真的是因为爱情在一起，不是因为虚荣或将就；第二重境界，是和自己爱的人及他的习惯结婚，要达到这一重，就要和爱人互相包容、互相磨合，共同把生活打理好；还有第三重境界，那就是和自己爱的人及其习惯，还有他的背景、家庭结婚，这才是婚姻的最高境界。不夸张地说，这一点我也做到了，我把家庭当成事业来经营，像爱李先生一样爱他的爸爸妈妈。最后我发现爱的力量是相互的，女人越通情，男人越达理，家也就越温暖和幸福。正是因为我巧妙地处理了生活中的小麻烦，才得到了公婆的喜爱。我在中国的时候，总会接到老人的问候电话，小到天冷加衣，大到工作心情。我在家的时候，连平时威严的公公也会熬补药给我，让我调理身体。公公婆婆对我来说，就像是多了一对疼爱我的父母。

所以你看，只要两个人相亲相爱，为共同的幸福不断去努力，就算是跨国婚姻又如何呢？对我一个外国人来说，韩国是陌生的，但因为有了李先生，韩国也变成了我的第二个故乡，他的父母也变成了我的亲人。幸福的婚姻，不光是给了我一个家，更让我变得强大。比如我很喜欢旅游，很多人问我一个女性独自旅游，难道不怕危险吗？我的答案永远都一样：真的没怕过。只要我有时间，经济上允许，就会来一次说走就走的旅行。一个女人身后有那么多爱她的人，她会本能地保护自己，不会让自己有危险。我就是这样，曾经一个人一个月从冰岛到葡萄牙走了7个国家，竖跨了欧洲大陆，最后平平安安、心满意足地回到了家。

我知道，不管是在巴黎左岸咖啡馆闲度一个下午，还是在香榭丽舍大道买自己钟情的衣服；不论是陶醉在普罗旺斯的薰衣草田里，还是站在古罗马时代的大道上感悟历史，我都会收到老公体贴入微的问候与叮嘱。无论相隔多远，他的心在我这里，我的心在他那里，这就是天涯咫尺。

有人说婚姻是女人的化妆品，有人说婚姻是女人的事业，也有人说婚姻是女人的全部。而我认为，美好的婚姻是女人的后援、是女人疲累时的憩息之所，可以让女人变得自信和强大，最终成就更好的自己。

Chpter—6

Balance

第六章

平衡

要强大到无所谓结果，才能把生活的一切都解锁。

香奈儿 = 幸福?

　　很多人经常会问：到底什么是幸福？收入高？存款多？房子多？车子多……关于这个问题，美国著名心理学家亚伯拉罕·马斯洛提出了需求层次理论。他指出，当人处于低层次需求（生理需求和安全需求）的时候，物质充裕确实能够提高幸福感，不过当物质需求被满足、人进入新的需求层次后，物质对于幸福感的影响力就越来越低了。这种说法可能有点抽象，举个例子吧，美国有一个乐透俱乐部，俱乐部的成员都是中乐透的人。有关数据机构发起了一个调查：中乐透这件事情给他们带来的幸福感可以维持多久？1年？5年？10年？结果答案令人惊讶：1个月。仅仅是1个月后，这个事件带来的幸福感就消失了。所以，幸福感与物质充裕与否没有绝对的因果关系，即使有，也不是长期的。

　　到底什么是幸福呢？想想我自己，我觉得现在家人安乐、又能做自己喜欢的事就挺幸福的，不过同时我也总是在为很多事忧心操劳，似乎这种幸福来得不容易也不单纯。有时想起小时候的小确幸，还是怀念那种好像一下拥有了全世界的感觉。比如，小时候过春节拜年的时候得压岁钱我觉得很幸福；去春游很幸福；许多第一次的经历，比如第一次出国旅游、第一次恋爱、第一次获奖……这些也都很幸福。但后来，即使经历同样的事情，也没那么开心了，我觉得自己似乎变得越来越麻木了。我有时候跟身边朋友聊天聊到这个问题，她们也深有同感：体味到幸福真的太难了！这让人不禁发问：对于当代的女性来说，到底怎么样才算是真正的幸福？

故事一：香奈儿皮包换不来幸福感

W 小姐，在上海有豪车豪宅，老公的电子商务公司年销售额好几个亿，家境富裕，对她来说再好的东西只有不想买，没有买不起。在我眼里，她是一位内心住着"汉子"的女人，她的工作能力非常强，性格直爽，还有疼爱她的老公和可爱的女儿。我一直认为她过得非常幸福。于是我便想请 W 小姐分享一下她获得幸福的秘诀，可是她直接表示"我幸福感很差"。对此我惊诧不已。W 小姐说，她总觉得在自己的生活里感受不到幸福，有时候下班看见路边吃米线的快递员，他们脸上的满足感让她很羡慕。小时候，妈妈给她两块钱买雪糕她都觉得好满足，会开心很久，但现在，已经很久没有体会过那种感觉了。她的原话是："很想得到一个东西，为它努力了很久，最后终于得到了，那会觉得很幸福。可我现在呢？根本没什么想要不想要、得到得不到的。这种状态，谁会喜欢呢？"

W 小姐说起她生平第一次给自己买香奈儿皮包的故事，当时那个包花了整整 1540 英镑，约合人民币 1.4 万元，比她一个月的工资还多。第一个月她想买，舍不得；第二个月想买，专门去伦敦看这个包，还是舍不得；第三个月发工资，又去看，依旧下不了决心。

当时，跟她一起看包的另一位小姑娘问她："姐姐，这个包你要不要？我看上那边的两个包，想比一下再买。"W 小姐还在犹豫不决的时候，小姑娘已经拿出了 4 张卡，每张刷一次，买下了包。她之所以没有像那个小姑娘一样，在买一件钟爱的东西时那

么痛快，是因为她觉得，凭自己那时候的工资，买这个包太奢侈了。虽然她手上的钱不是不够，可一旦买了，在生活费方面就要向家人求助，而她最害怕的，就是家人带来的光环掩盖了她自己的能力。那时，她老公在英国政府工作，靠薪水吃饭，一个月3 000—4 000英镑，她自己则是1 500英镑，而她的父母也经营着大公司，以她的家庭条件，别说一个香奈儿的包，一口气买下来十个都没问题。但她认为用自己的钱买才有意义，如果是让父母或者老公帮忙买，就完全没有感觉了。所以，她又攒了一个月的工资，才买下了那个心仪的包。包拿在手里不沉，但她觉得那是一种把全世界的开心都托在手上的满足。

但现在，她很少有这样的满足感了。目前她在父亲的公司上班，但凭借父亲提供的平台而获得外人眼里所谓的成功，完全没有成就感。如果她自己做得好，别人就说是父母打的基础好或者老公帮了忙；如果做得不好，别人会说还是ACCA（英国特许注册会计师）呢，这个都做不好，果然能力不行，是靠父母吃饭的。这种现状让她很受打击。

以前她旅居英国的时候，从一名小小的助理会计做到3个公司的主管会计——她一个人管3个公司，而其他外国主管会计只管1个——那是自己实实在在打拼出来的，身边的人也对她的能力充满了认可。后来因为父亲需要一个得力的帮手打理公司，她就辞掉了英国的工作回来帮忙。但情况却和她预期的并不一样，因为在父亲公司上班，无论她做成什么都会被看成是沾了父亲的光。她深深觉得，个人幸福感比在国外差很多。比如她去年玩股票，赚了些钱买了辆新车，大家第一句话都是问这是你老公给买的？你爸爸送你的？3个月挣了一辆车，却没有一个人觉得是你自己挣的，她买了新车的优越感一扫而光。

也许会有人觉得W小姐无病呻吟：明明这么好的物质条件，还在说自己不幸福，还要追求什么成就感、满足感。其实解释起来很简单，幸福感跟别人无关，每个人对幸福的标准和需求不一样，所以对幸福的体验也会不一样。这一点依然可以用马斯洛的需求层次理论来解释：当人在温饱、安全等方面的生理需求和爱情、友谊、亲情等方面的情感需求得到满足之后，会追求尊重需求和自我实现需求。现在，W小姐就是卡在了尊重需求这一环，她希望得到肯定与认同。比如在公司，她父亲想任命她为副董事长，但是她坚决不要，最后只能改为总经理助理。因为她希望这个头衔不是别人给的，而是凭自己实力得到的。

因为在英国工作9年，刚回国的时候，W小姐对国内的做事方式还不太适应。在国外她是公司的骨干，老板会放手让她去做事。而在父亲这里做事却常常束手束脚，被指责利用"特殊关系"。她深深觉得自己被束缚住了，没有发挥空间。刚回国的时候为了适应公司，她曾经创下 40 天没有休假的纪录。有一阵子她在朋友圈经常发自己输液的照片。我本来觉得她是"吃嘛嘛香身体倍儿棒"的那种人，没想到她回国后心情压抑，体质也跟着变差很多，经常是生病输液。过了一段时间，她开始适应了国内的工作环境，但还是要很努力地去拼、去证明自己。

她跟我说，她怀孕的时候曾经 21 天连着上班，没休息。很多家庭条件没有她好的公司员工，一怀孕就开始在家休息，但她不想被说成是娇滴滴的千金小姐，所以一直坚持工作。当时她怀着孩子还要经常出差，坐飞机还好些，开车出差时就很辛苦，而大部分出差都是开车过去。宝宝 30 周的时候，因为身体发胖，她的肚子卡住了方向盘，如果把椅子往后调，脚就够不着油门刹车，直到这个时候她才不再自己开车。

距临产期只剩一个月了，她才回家开始养胎。去产妇 VIP 中心做产检的时候，她跟那些宝妈、准妈妈们聊天，聊天的内容几乎刷新了她的三观。她发现这些妈妈对于幸福的概念就是旅游了多少次、孩子读什么学校、家里有没有豪车、住多大的别墅……她们不关心今天看了什么书、学到了什么、领悟到了什么……她说生孩子之前大家也约出来一起玩，但去了两次她就不去了，因为她感觉自己跟别人没有话说。她们的话题总是围绕怀孕、夫妻生活、老公会不会有"第三者"、怎么让他不要有"第三者"等内容，听得 W 小姐很无奈。一开始她听说这些妈妈很多都是二胎，还想向她们请教如何做胎教、怎么照顾宝宝这样的问题，但大家讨论的都是"第三者"、老公、婆婆……她真是不胜其烦。那些妈妈生了孩子之后，也是天天聚会，早上出门逛街、中午聚会吃饭、下午美容或者逛街，晚上九十点才回家，家里的宝宝直接交给阿姨，自己当甩手掌柜。其中一位妈妈，家里的阿姨是前一天才换的，这个宝妈却能很坦然地自顾自出来玩，完全不担心新阿姨不熟悉环境和宝宝。W 小姐觉得不可思议："新阿姨是中介介绍的，第一天就放心把孩子交给她吗？"那位妈妈笑笑："怎么？她还能拐走孩子？"W 不死心，继续追问："即使不拐走孩子，第一天也应该把孩子的习惯告诉她呀，万一孩子哭了怎么办？而且孩子也需要有适应的过程啊！"那位妈妈一脸无奈地看着 W 小姐说："我在家也没用的，因为我也不知道怎么弄。"W 小姐这才知道，这位妈妈的孩子生下来后一直都是月嫂和阿姨看管，她确实不知道怎么照顾孩子。W 小姐无言以对，更让她震惊的是，另一个年轻的宝妈得意扬扬地表示，前几天她老公还夸她："你比我朋友的老婆好，孩子哭了还会去看看"。因为她老公的朋友家，孩子哭了都是阿姨负责，妈妈是完全不管的。

对于 W 小姐来说，这些宝妈口中所谓的幸福生活她唾手可得，但是作为接受过高等教育的事业型女性，她无法忍受自己以后的人生只有处理夫妻关系、逛街、美容这些方面，她期望的幸福是事业建设和自我成长。所以即使给她豪宅、豪车，给她再多的香奈儿包，也换不来幸福。在 W 小姐的生活中，幸福的大道前路漫漫，道阻且长，希望她能找回那种把全世界的开心都托在手上的满足。

故事二：职场"白骨精"的烦恼

Nini，36岁，单身，汽车销售主管，我们初中时候就认识，已经是20多年的老朋友了。一直以来，她给我的印象就是开朗外向、能干独立、秀外慧中。有一天我在朋友圈发了一条信息：有钱、不缺钱，但是不快乐的人有吗？她在下面回了一个字：有。

通过和Nini一席长谈，我再一次发现：人真实的一面和你看到的一面其实不尽相同。Nini小时候父母离异，家庭条件不太好，那时我经常去她家玩，阴暗的小屋给我留下了深刻的印象。她在25岁以前收入低、存款少，属于有一分用一分的月光族，当时她一直觉得如果能有1万存款，自己就是个超级大富婆了。后来，工资慢慢涨了一点，也有了一些积蓄，这时候她有了人生第一件想要的奢侈品：一块浪琴手表。于是她努力工作，努力攒钱，到27岁的时候，她已经有足够的钱去买那块手表了。但是站在手表店里的时候，她忽然发现那个戴在手腕上的东西其实也没什么特别的，自己并不怎么想要了。于是她换了一个目标：在30岁前给自己买一块欧米茄的手表。不过这种期待和当初想要得到浪琴手表的那种期待已经完全不同了，欧米茄对她来说不过是一个象征性的目标而已，这时候的她对这些东西已经没那么渴望了。就像我们小时候吃一个棒棒糖都可以期待好久，但是长大后山珍海味摆在面前，也觉得不过尔尔。

很小的时候，她确实有很长一段时间都觉得钱是万能的。她十几岁就被爸爸赶出家门，经历了很多艰辛，这种艰辛是常人无法体验、她也不愿提起的。以前贫穷的时候，她一直都觉得钱可以解决一切问题，可以满足、实现很多愿望，甚至感情的事也可以用钱解决——她从来不相信有情饮水饱，只相信贫贱夫妻百事哀。她认为，两个人在一起过日子，钱能解决很多问题，只要有钱，婚姻就不会出现大问题。

但是后来，她事业有了小成就，也攒了不少钱，却发现原来很多快乐不是钱能买到的。比如她现在虽然拿着高薪，但做这份工作并不是很快乐，她每天要处理很多问题，也有很多要忙的事情。有时候她很想逃避，觉得这样孤独痛苦地挣钱，即使挣得再多也还是不快乐。她有时候很羡慕那些工作简单，却能每天回家享受天伦之乐的女孩。

她终于开始明白，钱也不能维持一段好的感情，她和前任在一起的时候，虽然从来没有为钱吵过架，却会因为性格、生活理念、习惯等争吵，而这些恰恰不是靠钱能解决的。

现在，已经36岁的她，身为超级豪车的销售主管，拿着60万的年薪，物质已经很充足了，但她还是不开心。她现在对钱已经没有那么大的渴望了，真正渴望的还是一段亲密的、可以让自己依靠的感情，她对物质几乎没有任何要求，如果硬说有要求的话，就希望那个男人能养活他自己，不吃低保就行。车子和房子她都有，她只想要一段纯真美好的爱情，她只关注两个人是否合得来、有没有共同话题和共同爱好、性格生活习惯方面是否相契。但这些无形的择偶条件反而更难判断，不是像钱那样可以量化。

"小森女"的 Nini，很向往日本电影《小森林》里面的生活。她说以后如果不想工作了，就回重庆开个面馆。但有时候她又觉得自己奋斗这么久才走到今天，不能轻易放弃。她一直很矛盾，因为不知道生活的目标在哪里，自己该何去何从。她想过去死，也想过很多种死法，但因为对自己下不了手没有付诸行动。她有这种想法是因为那一阵子巨大的压力让她得了抑郁症。她尝试过关注其他事物或者培养一点个人兴趣爱好，但抑郁症本身最大的问题就是对什么都不感兴趣，体会不到任何乐趣。后来她的抑郁症有所缓解，她表示自己已经想通了，"既然已经活得这么苟且了，还不如努力挣钱，至少让自己在物质上过得充沛点"。她说这句话的时候，眼神中充满了失落，因为钱已经完全不能给她带来幸福感了，而感情方面，她更是觉得绝望。

小时候父母离异导致 Nini 对亲情逐渐失去了信任，她一直觉得自己很孤独，因为连父母都不管她。因为得不到亲情，所以她极度渴望得到真挚的爱情，但遗憾的是，她的爱情来得快去得也快。至今单身的她，对男女感情已经彻底失去了信心，她说始终找不到心里想要的感觉。后来，她的父母说不结婚没关系，但起码要生个孩子，至少将来有个人给她养老。她不想跟父母争辩什么，孩子又不是养老保险金，给不了孩子幸福就不要生他。一个单亲家庭的孩子要承担非常大的压力，会重新经历她小时候的痛苦，这对孩子来说，岂不是太残忍？

Nini 的话不无道理，也听得让人心疼。钱没有带给她安全感和幸福感，也没有带给她爱情。我只能鼓励她再试试，希望她能找到真爱，也希望对方能给她温暖，为她疗愈。

故事三："小白兔"的抗争

M 比不上 W 小姐的出身，也比不上 Nini 的自强，她是个小白兔式的姑娘。M 出生在农村，2 个月大的时候妈妈就意外去世了，爸爸成天赌博，她是在没人管的情况下放养长大的，很早就辍学打工。M 一直在工厂工作，二十出头的时候遇到了她现在的丈夫。20 岁没怎么见过世面的清纯小女孩，第一次近距离接触 37 岁事业有成、有地位、有前途的男人，对方还是个外国人，M 很难抵住挡这种诱惑。在他热烈的追求下，俩人同居了。在同居期间，M 发现他很多性格上的问题，但这个男人各方面条件看起来还不错，就这样他们很快结婚了。

结婚后，M 放弃了工作，婚姻让她从一个什么都不懂的农村女孩变成了让村里人羡慕的"洋太太"，一切看上去都很美好。但是，婚姻生活如人饮水，冷暖自知。或许是老公自身性格不好，或许是她没有收入，一直仰仗着老公的鼻息生活，夫妻关系中她一直显得很卑微。按照她的话说，她就是一个仆人，被主人随意支使和鄙视。每次她老公回家都会认真检查家里的家具、电器有没有灰尘，家里各处摆放是不是合自己的心意。M 做好了饭菜都是端上桌子奉上碗筷再叫老公过来吃，还要不断地忍受老公的责骂——这场景有点像印度影片《神秘巨星》里小女孩的父母。总之，M 婚后虽然物质上非常富足，但家庭地位卑微，像是一只人畜无害的小白兔，战战兢兢地侍奉着一个暴君。

M 过了 10 年这样的婚姻生活，终于被逼到了极限，她再也忍不下去了，决定偷偷逃走，两个孩子也打算舍下不要了，计划也制订好了。临走前几天她来买护肤品，告诉了我她的想法，被我劝住了。我告诉她就算要分开，也不要用这种方式。这样首先对孩子不负责，她走了两个孩子谁来管？有着一个逃走的妈妈，对孩子是怎样的心灵伤害？再说逃走能解决所有问题吗？这样一走了之的分手能得到法律认可吗？以后能毫无后顾之忧地去寻找自己的幸福吗？M 听了愣住了。我直接和她说，既然你已经想过不下 100 遍要离婚，为什么不直接跟你老公说呢？既然你们已经无法沟通，甚至被逼到要逃走的地步，那不如直接告诉他你的想法。她说他很暴躁，会杀了她。我说不用怕，你一定要记住，沟通的时候绝对不能激动，一定要冷静、平静、淡定。你要把自己武装成一团棉花，他再硬的拳头打在棉花上也没用。

　　后来再见到 M，她开心了很多。她按照我说的，把自己的想法都跟老公说了，包括提了离婚的事。她老公很激动，但是她却很淡定。没想到第二天她老公对她特别好，她非常开心！我告诉她，提出离婚不是解决问题的最好方法，是无路可走时的最后一张牌，而且只能出一次。如果每次都这样，他熟悉了你的套路，就失效了。你应该趁着这个机会把事情谈透彻，不然一切还会恢复到以前的样子。

　　后面 M 搬了家，她的情况我也就不清楚了，未来的事情谁也无法预料，我希望她能好起来，能得到幸福的婚姻和人生。

回想这三个姑娘，W 小姐和 Nini 是新时代的独立女性，经济和人格都不依附别人，但她们的幸福感却没有和她们的身份、收入成正比。而 M 在经济上、人格上全面依附于丈夫，这样很难在婚姻中获得平等地位，更遑论幸福了。

有时候觉得幸福真是高不可攀，优秀独立的女孩，温柔如小白兔的女孩，都没能获得幸福。不过仔细想想，W 小姐是事业上无法得到认同，Nini 是缺乏家庭的温暖，M 则是在婚姻中丧失了自己。在我看来，一个女性最基础的幸福大概建立在两个方面——家庭和事业。和谐的家庭可以带给你安全与陪伴，喜欢的事业可以满足你经济和人格上的独立。我希望身边所有的姑娘们都能自立强大到无须疼无须宠，但又幸运到有人宠有人爱。

事业？家庭？不是单选题

关于幸福的模样，我想起之前在微博上看过的一张照片，那是维多利亚在美国为自创品牌开大秀谢幕之时，她亲吻过丈夫贝克汉姆和孩子们后转身离去的场景，孩子们和丈夫目送她的目光充满了欣慰和崇拜。当时我看到那张照片的感觉是，这应该就是一个女人幸福的理想模样。现在，随着年龄和阅历增长，我对此越发笃定。

在我看来，女人不要把家庭和婚姻当成终点。女人最终还是要拼自身价值，自身价值才是一直被爱的资本。夫妻之间最好、最长久，也最稳定的关系是：你很好，我也不差，彼此能够保持独立又互相欣赏。

说完夫妻关系，我们再来说说事业与养育孩子。

很多宝妈都会觉得，打拼工作很难照顾孩子，但在家里做全职妈妈又很可能丧失经济和人格上的独立。但其实我想说，事业和家庭真的不是单选题。

我大儿子幼儿园的任老师，那个陪我在小区的滑梯旁边召开了简玺第一次公司大会的"客座参谋"任娜，她本来在幼儿园当老师，因为公婆身体不好，自己父母又不能过来，只好在女儿满周岁的时候把她送到外公外婆那里。其实这样的家庭在中国特别多，夫妻俩都要工作，孩子很小又需要照顾，于是只能让祖父母、

外祖父母带孩子。我也经历过这样的时期。曾经有一段时间，我的大儿子、小儿子、李先生和我，分别在国内外4个不同的城市。和孩子的分离很痛苦，思念和愧疚对自己都是一种煎熬。后来我跟着李先生来到无锡，情况才得以好转。

当时的任娜就是这样，每天在幼儿园里照看别人的孩子，却不能见到自己的女儿。思念女儿的痛苦每天都在折磨着她。作为母亲她不愿意在女儿的成长过程中缺席，后来她终于做出决定：辞职陪孩子。任娜辞职后，女儿也半年没去幼儿园，天天和妈妈出去玩。

任娜自己有兄弟姐妹，手足亲情在苦难时总能给她支持和力量。虽然她家的经济并不宽裕，但她希望女儿的成长也能有弟弟或妹妹的陪伴。任娜很快就怀上了二胎。当时家里的经济压力全部压在了任娜老公的身上，她老公为了养家，全身心扑在工作上，没有时间顾及家里太多。任娜怀二胎的时候，只能一个人扛起了家里所有的事。那时候她女儿生病，她大着肚子抱着女儿，去儿童医院排队挂号看病。女子本弱，为母则刚，这话说得太对了，这种不得不刚强起来的感觉，相信只有妈妈们才能体会。

儿子土豆出生后，任娜决定好好陪他长大。日子一天天过去，女儿和儿子也一天天长大，任娜有了更多的空闲时间，她开始想做点自己的事情了。她本身就很喜欢教育，现在有了时间就想重拾之前的兴趣，顺便做属于自己的小事业：开一个绘本馆。做出决定之前她纠结了很久，毕竟当初辞职是为了家庭。现在，两边父母年纪更大了，夫妻俩在没有老人帮助的情况下，如何平衡家庭、孩子、事业，就成了大问题。但任娜觉得人这一辈子一定要做件自己想做的事情，于是跟老公提了自己的想法。她老公非常支持，相信她可以做好，并且告诉她"要是亏了，就当体验了一把，也值了"。

于是，准备了大半年后，任娜的小米粒英语绘本馆开业了。馆里的每本书她都看过，自己觉得不错才挑选出来推荐给孩子们。同时她成立了小米粒家长阅读群，交流阅读心得，教家长怎么给孩子挑选好书。任娜本就是幼教专业出身，又在幼儿园积累了丰富的教学和阅读经验，加上自己了解绘本、喜欢绘本，所以做起这个绘本馆可以说是如鱼得水。

绘本馆里每一个新来的孩子，她都会先去沟通，了解孩子的性格、兴趣、爱好以后，再推荐适合孩子的书。有空的时候她还会和孩子沟通、玩耍，陪孩子一起阅读。她说，从兴趣开始引导孩子慢慢培养阅读的习惯是很重要的。比如说小男孩喜欢恐龙、怪兽，日本绘本作家宫西达也的恐龙系列的书就很能触动男孩子的心灵，图画有点小恐怖，但却让小男孩们欲罢不能。再比如小一点的孩子可以看《驴小弟变石头》，这是一本非常好的亲情教育绘本，讲的是驴小弟跟爸爸妈妈野餐后走失的故事。孩子读完后会感受到亲情的可贵。任娜说，绘本故事是启迪孩子心智和情感的，东方人的内敛可能会导致父母在孩子情感教育方面有所缺失，绘本刚好可以弥补这片空白。

现在，任娜的绘本馆已经慢慢走上了正轨，她还注册了"小米粒"这个品牌。俗话说小米粒、大营养。"小米粒"这个名字的意义在于：1.阅读是精神粮食。2.有个绘本名字就是"小米粒"，她取这个名字也是源于对这个绘本的喜爱。现在绘本馆已经小有规模，还有家长想加盟开连锁店。

回想起来，任娜跨出来这一步，建立自己的绘本馆，是需要很大的勇气的。不过既然是做自己喜爱的事业，那么创业这个过程就会变得很享受，而且她的付出也得到了认可，收获了家长们的支持。现在，任娜的绘本馆做得有声有色，收获了一大批粉丝。任娜就是这样，从为了家庭放弃事业，到重拾兴趣，慢慢平衡家庭与工作，最终做到了事业和家庭兼顾。现在她一边开绘本馆一边教育自己的孩子，可以说把事业过成了生活的一部分。

如果说任娜是在用经营生活的方法去经营事业，把事业过成生活的一部分的话，Ella 则和任娜正好相反。

Ella 是我的大学师妹，被我们戏称为"黑牡丹"，她在我们眼里是个传奇女子。她在大三毅然退学，千里奔赴加拿大追随真爱；十几年前就在百代公司预备推出个人单曲；我们大冬天还在穿棉裤加秋裤的时候，她就用超火辣的过膝长靴亮瞎众人的眼睛；后来她又从一名冉冉升起的舞台之星，转身成为家庭女性。没错，她在刚刚出道的时候就放弃一切回归家庭，做了很多现代女性避之不及的职业：家庭主妇。Ella 的这个转身，简直让认识她的众人跌破眼镜。

自从 Ella 为爱远赴加拿大，而我大学毕业后为爱去了韩国留学后，我们的联系就断了。后来通过同学才陆续听说了她的事情：Ella 生了，Ella 又生了，Ella 生老三了，Ella 生老四了。4 个孩子亲自带，不请保姆，没有工作，我无法想象她在加拿大到底过着什么样的生活。

都说认真对待生活的女人，生活也会报之以美好。当我见到 Ella 的那一刻，才明白了这句话的真谛。一见面我开门见山就问她"生活过得满意吗。"她回答："满意、很满意、非常满意，上有老，下有小，夫妻恩爱，哪里能让我不满意呢？"

明明也是个宝妈，Ella 的身材却好到让我无地自容。她可是已经生了 4 个孩子的女人，而且每个孩子她都亲自哺乳到 10 个月。看看人家，什么 A4 腰、马甲线，一样都不缺。她没有因为生养了 4 个孩子就苍老不堪，也没有因为家庭琐事变成黄脸婆，更没有因为从事业女性到家庭主妇的角色转换而抑郁伤感。问起她的生活，Ella笑着说，也许就像大家所说的，忙是治疗一切的良药。她把时间安排得井井有条，合理高效利用时间，把生活过成了如童话般美好。

她的日常是这样的：早上起床给孩子们做早餐，把孩子们送去学校后开始收拾房间。她把家布置得很温馨，让家里经常有小惊喜、小变化。上午收拾好房间后她就给自己做一顿美美的午餐，吃完后小睡一会儿，然后下午去健身，一般她会利用健身的间隙学习做美食，健身完直接去超市买食材，回家就尝试做刚学的新菜。孩子3点放学，她接到孩子后会带他们去上兴趣课，或者去公园里玩一会儿，或者在草坪上画画……这些活动结束之后，她和孩子们回家，然后做好晚餐等老公回家。老公回来后一家人一起吃饭、聊天，或者弹弹琴、做做游戏。8点半孩子们睡觉。之后就是她和老公的二人世界，两个人一起喝喝红酒、看看电影，10点半上床睡觉。她的生活这么充实，哪里有时间抱怨生活无趣？

我听了很是诧异，这样丰富多彩的日子，跟我想象的家庭主妇的生活不太一样，而且Ella看上去浑身充满了青春活力，完全不像4个孩子的妈妈。我忍不住好奇地问："你怎么十几年了都没什么变化？"Ella笑着和我说："心情愉快，坚持健身，生活充实，吃好睡好，这样的女人，怎么会老呢？"说到这里我突然想起年近60岁的老妈，前段时间在海南，别人试探着问她："你大概40多了吧？""没有，30多，我就看着显老。"我妈超淡定地、调皮

地回答。大概对于这样保持年轻心态和活力的女性，岁月见了也会格外留情吧！

看着 Ella 现在的状态，我还是忍不住担心：一直围绕着家庭生活，会不会把自己封闭在家庭的小空间，和社会、时代脱节呢？Ella 马上回答，不会。她说她老公研究经济、红酒，她研究健身、育儿。只要积极走出去和人沟通交流，会发现其实哪里都有同类人。Ella 说，她现在就有一个宝妈的圈子，经常一起探讨科学健身、育儿和美食，忙得很。就说健身，Ella 现在可是个行家，她每周都会健身 3-4 次，每次 1 个小时。当时我的身材很圆润，赶紧让她和我分享健身经验。Ella 果然是行家，立马给了我很多建议。第一，不要把健身想得太简单了。不要认为大腿粗跟着练练瘦腿操就能变细，蝴蝶袖学五分钟瘦手臂操就能搞定，要对运动、饮食如何影响身体有正确的理解，树立正确的健身观念。第二，一开始要找一些容易做的基础动作进行锻炼。等练一段时间后觉得这个太简单了再增加重量、强度、种类、时间。时间久了有经验了，了解自己身体耐力了，自然会知道什么适合你、什么有用。第三，耐心非常非常重要。别一上来就大重量猛练，要耐心地从轻重量开始，慢慢熟悉正确姿势后再逐渐加大训练强度。如果一开始只狂练身体的某一部分，往往会导致肌力不平衡，很容易受伤。第四，不要等天时、地利、人和才去运动，也不要总想着等哪段时间空下来了才开始好好锻炼。如果想健身，"现在"永远都是最好的时间点。第五，流汗不等于有效，少吃不等于减肥。一定要记住，你偷的每一分懒都会变成脂肪囤在你身上。

看来，健身真的是一门很高深的学问。Ella 笑笑表示，想要好身材，健身只是其中的一个方面，为了练出紧致的身材，她更关注"增肌减脂"，具体说来就是在积极摄入蛋白的同时控制卡路里的摄入。每种食材有多少卡路里她都很清楚，她告诉我减肥的时候可以有一周一次的"欺骗日 / 开放日"，就是要欺骗身体，不要让身体感知到摄入减少而降低代谢。听到这里我对 Ella 心服口服，看似无聊的主妇生活，被她过得有滋有味，她是把家庭当成一个事业来经营。所以很多时候对于女人来说，不要以为一说事业就是开公司赚大钱，经营好自己的家庭生活，也是一项需要终生修行的事业。

也许很多人还是觉得，Ella 只是一个家庭主妇的特例而已，她只不过是找了一个好老公，但她没有自己的事业。其实我很想问，难道只有开多么大的公司、赚多少钱才称得上是有事业吗？如果挣了很多钱，但耗费了全部时间，牺牲了生活，这样的事业有什么意义？我见过一些职场白领，为了工作每天睡觉不敢睡到自然醒，加班加点拼到手抽筋，甚至也有很多年轻人因为过劳而猝死的事件发生。我也见过很多年轻人，他们认为节省能让以后的生活更保险，于是他们节省钱、节省时间，不敢享受生活，把当下的生活过得潦草而廉价；不敢请假，不敢放松，甚至不敢停下脚步看看路边的风景——这样的生活，就算职位再高、攒下再多的钱，也不叫事业有成，也称不上是生活美满，这完全是对自己大好年华的辜负。

我之前旅游时到过很多国家，这些国家的人让我印象深刻的是北欧人。他们会花一天时间精心烹饪，不接电话、不查看信息；在自家院子里种菜，享受绿色无污染的食物。可能有人会说，人家的福利好、赚得多，也没有后顾之忧，不在乎停下工作。这只是一个因素，更多的原因是他们懂得享受生活，懂得工作的最终目的是为了更好地生活，工作、赚钱都是为了身心放松、乐享生活。

我在西班牙的时候，经常会遇到很多人带着渔具、音响和他们的狗，驾车去海滨城市享受日光浴。海滩是欧洲人的逍遥地，不论春夏秋冬，只要有太阳，内陆的人都会驾车去海边，戴上太阳镜、塞上耳机、躺在沙滩上，静静地享受阳光、海风和蓝天。放松之后，他们会精神百倍地投入工作，真正做到工作和生活两不耽误——这才是对生活和事业最好的态度。

对于每个人，尤其是女性来说，家庭和事业不是单独存在的，如果非要把二者分个孰轻孰重的话，我想事业和家庭如同天平上的两个托盘，是为了平衡而存在，不要顾此失彼，而是要将它们进行完美的统一和融合。就像任娜和Ella，看似选择了不同的道路，一个把事业融入了自己的生活中，成了事业女性和超级宝妈，一个则是全心全意地做好家庭主妇，把家庭当作一项事业来经营。其实本质上没有什么不一样，事业因生活而存在，生活因事业更精彩。带着做事业的心态生活，带着生活化的情调做事业——这才是幸福的真谛。

也许故事里面有你

　　很多宝妈在生了孩子以后都会面对这样的难题：照顾孩子还是继续工作？有的想工作却一直纠结，没有勇气再向前迈出一步；有的刚迈出那一步；有的已经迈出很久了。也许大家可以在下面这几个故事中找到自己的影子。

故事一：35岁，不是可以冒险的年纪?

这个姑娘，我们就叫她"紫色小猪"吧，最近想辞职，但是缺乏勇气。一来还没想好辞职后到底该做什么，二来放弃做了十几年的银行工作，再去做自己喜欢的事情会有很大的风险。35周岁不算年轻，如果失败了不知道怎么面对家人。按她自己的话说，现在的工作和操作工没什么区别，如果不辞职，她完全可以想象自己未来二三十年的生活是什么样的，非常的无聊、无趣。十几年前大学刚毕业的时候，她听从了父母的安排进了银行工作。刚开始她对这个工作满怀憧憬和激情，一心想着以后会升职加薪，自己会干得很开心。现在，升职加薪都实现了，开心却不见得。做着自己不喜欢的工作，哪怕拿着还不错的薪水，依然不能给她带来幸福感和满足感。她不止一次地想过辞职，但看看身边辞职后做生意的朋友，很多收入仅能养家糊口，她又动摇了。她一次次地想迈出这一步，可又一次次地收回，因为她要考虑很多因素。

"紫色小猪"的纠结其实代表了很多人：对现状不满很想改变，但也只是心里想想，很难付诸行动。我们许多人都是这样懵懵懂懂地上学、择业、结婚，按部就班地走着别人给我们规划的路线，没有意外，也没有惊喜，从没想过自己想干什么，喜欢什么。读大学的时候没想过将来要做什么，学习也不是为工作而学，当觉得自己想去做某件事情的时候，又发现自己所学根本不足以应付，于是到底是从头开始还是维持现状就成了一个大难题。就像"紫色小猪"说的，再过十年是不是就真的把人生的激情消磨殆尽了？

其实我很希望"紫色小猪"能勇敢地做出一些改变，但我同时又很担心，她只是一味地想逃离乏味的现实，却没有真正想好自己到底想要什么。有时候没有勇气去改变现状，也是因为没有考虑好要做出什么样的改变。如果只是这么武断潦草地逃离了现状，只会更加迷茫。我一直觉得，真正想要的东西，不只是踮踮脚尖那么简单，所有的收获都必须要全力以赴。如果想做出改变，就要确定好方向、规划好路线，而不是整天伤春悲秋地抱怨现实却又毫无改变的决心和行动，这样下去，也只能继续浑浑噩噩地过日子了。

故事二：重新开始，其实并不难

　　瑶瑶，30岁，北京电影学院化妆班毕业。毕业后七八年的时间都在从事电影、广告、电视剧的跟组拍摄工作。她的工作比较自由，跟完一个剧组后有半个多月的休整时间。但跟组工作强度非常高，一天工作十几个小时，甚至20多个小时都是家常便饭。这样的投入也有着高回报，一般拍广告片和宣传片，每天薪酬不低于1500元，跟电视剧、电影剧组的话会更高。瑶瑶在怀孕的时候，还坚持去贵州做宣传片拍摄，后来因为妊娠反应太厉害，才不

得不离开剧组。

离开剧组后，瑶瑶在家里生产和带孩子，好好休整了一段时间。休养身体的这段时间也是她心理煎熬的一段时间。她和很多新手妈妈一样，育儿的过程中充满欢喜和焦躁，有时候对孩子喜欢得很，有时候又恨不得赶紧扔掉。休整了一段时间后，瑶瑶又回到剧组。最让她纠结的是，在育儿和工作之间，她很难找到平衡点。跟组的工作与平时上班不同，一旦跟一部戏就要驻扎在剧组好几个月，但她怎么舍得撇下刚刚出生的孩子？有很多业内朋友找她，她不得不回绝，回绝之后又会很懊恼。这个戏没有去成，那个戏也没有去成，她的心头像猫抓一样，但为了照顾孩子，她不得不拒绝这些好机会，包括一些上院线的电影也不得不推掉。以至后来电话铃一响她就很紧张，想接又不敢接，接了又想去，但是为了孩子又不能去。

当时在重庆拍了一部电视剧《火锅传奇》，她的朋友闰土是导演之一，邀请她加入剧组。她进组的唯一要求就是要带着孩子工作。剧组团队都是熟悉的朋友，大家也觉得完全没问题。但后来闰土导演意外去世，电视剧无奈被搁置了一段时间。再后来换了新的导演组建了新的团队，她再带着孩子就不合适了，于是就退出了剧组。

一来二去，瑶瑶发现自己这样下去不是办法，要想照顾孩子就不能再跟剧组，如果要继续跟组就只有把孩子丢下。思前想后，她觉得不能缺席孩子的成长，所以后来再有剧组邀约，她基本都不再接了。她很喜欢影视化妆这个工作，不但可以自主地进行艺术创作，而且可以认识五湖四海的朋友。她时常提起第一次被老师带去当助理的时候，虽然只做了烫胡子、编辫子等打杂的事情，她还是觉得很开心。

喜欢归喜欢，瑶瑶最终还是推掉了 80% 以上的剧组邀约。好在热爱化妆的她没有脱离喜欢的行业，她在朋友的摄影工作室里重新开始了自己的工作。虽然工作室不温不火，但很有自己的风格。瑶瑶现在一边在朋友的摄影工作室工作，一边陪孩子成长，再不会跟着剧组到处飘了。虽然前途未卜，但既然已经开始，不管是什么样的路，她一定能好好走下去。

故事三：回归家庭，也可以有更多选择

Vicky，32周岁，宝妈，曾在大型外企担任采购管理师，因老公回重庆创业，便义无反顾辞职，跟随老公来渝，然后转行去了一家外企任职人事行政主管。两个孩子一天天长大，需要父母更多的陪伴和教导，可是老公忙于生意应酬，公公婆婆又溺爱孩子，于是Vicky和老公商量并达成共识：两个人之间必须有一个人要回归家庭。从两个人的收入水平来衡量，最后决定让Vicky辞职。刚辞职后的小半年里，Vicky心情很压抑，虽然当初在外企的工作也算不上多么享受，但至少她看上去还是一个职业女性，总好过每天围着孩子老公转，做着周而复始的、琐碎的家务活，最重要的是还没有自己的收入，这让好胜倔强的她心里很不是滋味。她发现这并不是自己想要的生活，她不想让自己的人生过得如此枯燥无味。再说一个女人失去工作后，视野格局也会受限制，Vicky很怕再这样下去自己真的会跟社会脱轨。

为了不让自己太闲，让自己保持一种积极向上的生活状态，Vicky送孩子们上学后，会抽空养些花花草草，再看看书找点心灵寄托，有时候也会到街上走走，逛逛新开的店，看看年轻女孩们喜欢的东西。就是这种"闲情"，让她偶然走进了朋友的茶艺馆。以前忙于工作没有静心品味过的茶汤，这次却喝出了不一样的味道。Vicky和朋友聊起了茶艺，茶文化的博大精深让她产生了浓厚的兴趣，她忽然灵光一现，既然这么喜欢，为什么我不能也做茶艺呢？

如果以前问 Vicky，会与茶产生密不可分的关系吗？她肯定觉得你想太多了，以前的她最喜欢白开水，茶、咖啡只是工作中提神的调剂品。但现在，Vicky 家中收藏着各种茶叶和茶具，书架上也增加了关于茶和琴的书。琴桌上的古琴是抒发情感的宝贝。现在的她每日起床第一件事便是烧水泡茶，外出回来也一定是先来上一壶茶。连每次出门旅行，她都要随身带着茶叶和茶器。

在学茶初期，Vicky 还有过很有意思的经历。有一次她把好朋友之前从台湾带回的冻顶乌龙茶拿出来喝，发现距离生产日期已经过去两年了，她想应该是已经过期了吧。当时她很是心疼，想着只好拿去茶艺馆开紫砂壶用吧！结果拿去茶艺馆给茶道老师看，才知道茶酒不分家，只要原料不错，储存得宜，都是越陈越香，完全没有年限的问题。后来再喝到优质老茶，她都会说一句："好茶，果然是好茶。"

几个月后，Vicky 的茶艺技术越来越精进，还加入了茶社团做了茶艺课老师。她很喜欢做茶艺老师，这让她重拾了那份有付出就有收获的美好心情。每周的茶艺课她都会非常用心地提前做好课件等准备工作，同时也很享受和学生们一起讨论茶艺的过程。茶让她的生活充实起来，她自己说这叫"茶的心情水知道，我的心情茶知道"。

茶，让家里气氛也发生了变化。因为 Vicky 爱茶，家里一来客人便要来上一壶茶；在她的耳濡目染下，两个儿子也慢慢喜欢上了那些古典乐曲，茶已经慢慢渗透到她的生活中了。

　　现在回想起当初为了孩子辞职的事，她表示一点都不后悔，反而很庆幸当初离职了。乍看她是为了家庭牺牲了事业，但其实回归家庭并不一定就意味着止步不前，也可以让自己的生活有更多可能。对她来说辞职在家里的时间也刚好可以让自己沉淀下来，把自己乱七八糟的心思清空之后，才不用整天为了升职加薪奔波，才有时间和心情去了解和选择自己真正喜欢的东西。当然这样的蜕变是一个痛苦的过程，中间有付出、有纠结、有牺牲，但现在看来，一切都是值得的。

故事四：生命，不止有一种颜色

乐妍，人如其名，乐观、美丽。不过在我了解她之后，觉得需要加上两个更重要的词语：勇敢和坚强。

乐妍的故事要从她小时候说起。那时候她家里很穷，妈妈没有工作，靠爸爸一个人养活一家四口。到了十几岁，乐妍也没有买过新衣服，一直都是穿亲朋好友和邻居送的旧衣服。只有过年的时候妈妈才会连夜给他们姐弟缝制一件新衣服，那是她最开心的时候。

家庭的贫穷没有压垮她，反而让骨子里好强的她更加独立。乐妍说，我们没有办法决定自己的出身，但却可以靠努力改变自己的未来。大概八九岁的时候，她就跟着妈妈去街上卖茶叶蛋了，当时她觉得很开心，因为可以帮家里挣钱了。高中毕业后的暑假，她放弃休息去餐馆打工。小餐馆的活很杂，拖地、洗碗、擦桌子样样都得做，不过她都扛下来了，最后用自己赚的第一份工资给家里装了电话。

进入大一以后，眼看着日子快好起来了，妈妈却病倒了。妈妈的病恶化得很快，第二年就严重到不能下床了，爸爸还要上班，妈妈只能由乐妍来照顾。乐妍每天醒来第一件事就是去房间看看妈妈是否安好，她时时刻刻都活在可能失去妈妈的恐惧中。不幸的是，最后病魔还是带走了妈妈。在乐妍眼里，妈妈是典型的中国传统女性，她的全部世界就是老公和孩子，好不容易自己和弟弟都上了大学，妈妈却走了。似乎对于这个母亲来说，孩子们长大了，可以自己照顾自己了，她就可以安心地离开了。妈妈的逝去让乐妍几乎崩溃，感觉天都塌了。那段时间乐妍天天做梦，后来她甚至宁愿生活在梦里不要醒来，因为在梦里可以见到妈妈。那段日子她整天恍恍惚惚，除了思念和痛苦再也没有别的感受。

这样的日子持续了将近一年，每次回到家里气氛都很压抑，父亲和弟弟也一样痛苦。后来乐妍终于想通了，妈妈没了，家还在，日子总要过下去，她开始积极地自我开导，让自己向前看。当时家里为了给妈妈治病欠下了很多债，为了贴补家用，减轻父亲的负担，乐妍开始在学校里积极寻找挣钱的门路。她是学校文艺部成员，有舞蹈和唱歌功底，于是就利用课余时间在外面接一些商业演出。因为长相甜美加上唱得不错，演出机会就多了一些，也积累了一些演出经验。一个偶然的机会，她参加了徐州 MM 的选秀比赛，在众多十六七岁的小女生面前，23 岁的她是年龄最大的。是金子总会发光，她最终以出色的表演取得了月度冠军。这些演出的经历不仅让她挣到了钱，更重要的是让她从失去母亲的阴影中走了出来，也邂逅了自己的"真命天子"。

其实在我看来，乐妍的童年和少女时期的生活基调有点灰暗，充斥着贫穷和丧亲之痛，很多人在这种情况下会养成一种悲观的性格。但乐妍没有，她独立、坚强、勇敢，就像一株沙漠玫瑰，在贫瘠荒芜的土地上依旧可以开出绚丽的花来。

结婚做了妈妈以后，乐妍把生活过得更加五彩缤纷。她是个闲不住的人，本来在生孩子之前和朋友经营着一家摄影工作室，还兼职化妆师和模特。但是因为生孩子，就关店做了全职妈妈。其实一开始她也有犹豫过，到底要不要放弃工作自己带孩子，但是思前想后，觉得老人带孩子肯定无法避免溺爱，他们又无法去指责这种情不自禁地错误，于是作为新妈妈的乐妍决定放下一切带孩子。乐妍的决定我很能理解，我之前有个朋友 K，她的儿子一直是老人带的，小时候比较溺爱，结果儿子到小学四年级就很叛逆。陪伴孩子不仅仅是要教育他们，也是向他们传达爱、建立亲密和谐的关系的一个过程，对于孩子来说，父母的陪伴是不可替代的。

乐妍自己带孩子很有原则，童年和少女时期的困苦让她养成了自律的性格，这种特质也被带到对孩子的培养上。她的女儿舒瑶来到世上的前 4 个月，整天昏天黑地地号啕大哭，但是乐妍给婴孩时期的舒瑶就立下了规矩，不能一哭就抱、闹觉不能抱、必须睡自己的小床等。她还说，大家千万不要低估婴儿的智商，妥协一次就是永远妥协。孩子们领悟到哭是自己的法宝需要一个过程，刚开始他会试着哭，如果家长妥协了，他就一直用哭来要挟大人。

舒瑶长到大概 6 个月的时候，闲不住的乐妍觉得自己时间还算宽松，可以做点小事业，于是开了一家淘宝店卖童装，女儿舒瑶正好做模特。有一次她在淘宝社区发的一个女儿的帖子居然上了社区首页，浏览量超过 40 多万。乐妍见很多宝妈喜欢，于是更加积极地分享自己的带娃日常，粉丝越来越多，后来她做起了论坛管理员，再后来湖南卫视、江苏卫视、浙江卫视等很多一线卫视都联系她，让她和宝贝上节目。舒瑶继承了乐妍的歌舞天赋，很有镜头感，小小年纪在镜头面前就表现得很自然。乐妍决定遵从孩子的天性，舒瑶也表现不俗，2岁就开始拍电影，3岁和乐妍一起接广告。

在乐妍的教导下，小小年纪的舒瑶很有自己的主见，2岁7个月的时候，舒瑶无意中喜欢上了架子鼓，跟乐妍说她想学。乐妍很严肃地跟舒瑶说："可以，但是记住这是你自己选择的，哭着也要坚持到最后。"小孩子学东西都一样，刚开始兴趣大，后面因为基础课乏味就放弃了，所以孩子不仅需要自己坚持，还需要家长的不断督促。乐妍给舒瑶规定了每天固定的雷打不动的练习时间，慢慢舒瑶也就养成了习惯，到了时间不用说也知道自己该练习了。4岁的时候，舒瑶为了参加比赛，手都练肿了。那时候去学校来回的路程就要两个多小时，都是乐妍骑着电动车带着女儿风里来雨里去的。她看着女儿汗流浃背的样子和磨出泡的小手，实在有些心疼，便试着问舒瑶"要不要放弃"。可舒瑶抱着鼓棒一下子"哇"地哭了出来："不，妈妈我要继续学！"就在那一年，4岁的舒瑶参加了全国少儿架子鼓大赛，作为最小的参赛者，她以出色的成绩获得了第一名。这让乐妍很欣慰，小舒瑶这么多年的辛苦没有白费，以后会更加努力地坚持学下去。

舒瑶除了是小鼓手，还是个小演员。她经常去北京上海试镜，有时候费尽心血、历经艰辛却没被选上，她也会恼火，

也会失落，也会觉得不公平。但是经历了几次这样的事情之后，小舒瑶心态平和了很多，觉得拍戏可以经历这么多不一样的精彩，已经很知足了。舒瑶的好心态都是乐妍教导的结果，乐妍从不给孩子灌输输赢的概念，赢了也不过多奖励，输了也不过多批评，所以小舒瑶得失心不重，只要快乐就好。乐妍经常跟女儿说的是："不管输赢，只要你努力了，妈妈就很开心。演出和拍戏也让你开心了，不是吗？"大人的心态决定孩子的格局，乐妍的教育简直是父母的典范：不要把孩子的兴趣爱好变得功利化，这种爱好是很单纯可贵的快乐，输赢并不那么重要。

学习方面也是这样，乐妍重在培养孩子的独立自觉性，她不会陪孩子做作业，也不帮她检查。作业自己做，做没做，错没错是孩子自己的问题。她也不给孩子压力。记得有次舒瑶拼音考试没考满分，有些不开心，乐妍不但没有责怪她，反而安慰说："没关系，已经不错了。老师提出表扬里的孩子还有你呢。"舒瑶的心情立刻大好。

其实回想起来，乐妍的童年艰辛，就像叔本华说的，是在一条铺满炽热火炭的环形轨道上面奔跑。谈恋爱、结婚、美食旅游等高兴的事，只是奔跑过程中的几处清凉落脚点。

但是乐妍把每一个小幸福连接起来，积攒的清凉也足以使炽热降温甚至熄灭。她的童年充满艰难困苦，却因此把她磨炼得乐观坚强，使她收获了后面的幸福。所以你看，生命一开始是灰色，但不会一直都是灰色，保持乐观奋进的心，也许拐个弯就能走出荒芜和灰暗，看到一树繁花。

讲了这么多朋友的故事，W小姐、Nini、M、任娜、Ella、紫色小猪、瑶瑶、Vicky、乐妍……也许这几个故事里面有你，也许她们经历过的纠结、迷茫、艰难正是你现在面临的，也许你正在家庭、事业、育儿方面焦头烂额，生活多方面的重压让你束手无策……或许讲她们的故事不能直接解决你的窘境，但我相信可以给你一些启发。从她们的经历里我发现，幸福的女性有一个共性，那就是都把家庭问题处理得很好。我希望给周围的朋友传递一个信念，你可以是成功的创业者，也可以是成功的家庭主妇，家和事业之间是可以建立平衡的。家是事业的后援，事业则可以给家庭锦上添花。

女人娇小的身体里有着巨大的潜能，我们都是艺术人生的主角，是美好生活的生产力。每天，孩子看到妈妈乐呵呵地面对生活，他们就会有安全感，身教大于言传，孩子也会用积极的眼光看待生活。家，会因为女主人的积极向上变得其乐融融，不幸的生活也会因此绕道。而能经营好家庭的女人，做什么事业也不会差的。所以姑娘们，不要再抱怨自己的不幸了，尝试一下积极面对，努力用你的笑容去改变这个世界，别让这个世界改变了你的笑容。

结语 /

　　这本书写得断断续续，总是写了删，删了写，总觉得自己的感情丰富程度远远高于我的文字水平。虽然很多时候都会词不达意，但也平实地把心中所想写了下来。想想自己这样一个感情丰富的人居然要写书，也是奇事。写这本书对于我来说，并不是要展现飞扬的文采、严谨的思路，这些文字只是对我自己、对千千万万女性的一种表达。生活中不漂亮、也并不出色的我，从中国去韩国留学、再从韩国回到中国创业，从一个活泼懵懂的女孩变成李先生的妻子、4个孩子的妈妈，从一个在厨房兢兢业业研制配方的小姑娘成长为创立民族护肤品牌的大女人，一路走来，没有繁花相送也没有康庄大道，有的只是跌跌撞撞，砥砺前行。不管是现在还是未来，有很多女性像曾经的我一样，处在困苦、彷徨、探索和抉择中，希望这本书，能在她们迷茫和孤单时，给予力量和启迪。

多年前的我，也曾在人生的抉择面前痛苦纠结，不知所措。当初为了不让一家人分隔四地而选择回国发展，把在韩国积攒多年的人脉和生活经验一刀切断，这是我人生重要的转折点。回国之初，没有朋友、没有工作，人生看不到希望，甚至得了抑郁症——几乎是史诗级的失败。但谁的人生能一帆风顺？就算你生活得再怎么小心翼翼，也不可能拥有完全没有失败的人生。如果给我一个时光机，让我可以见到当初的自己，我很想感谢她的坚强和执拗：尽管未来不可期，却还是把一份初心坚持到底。9年前窝在小厨房里做护肤品的我，根本不敢想象未来会有自己的公司和团队。甚至5年前的我，也不敢奢望不久的将来会把我的小事业做成国内行业领先的护肤品牌。那时我只有一个再简单不过的想法，就是把每一个客户的皮肤调理好。直到5年前，我才觉得自己可以成立品牌试试，把一对一定制的天然护肤品推广给更多的客户知道。可以说，是客户的口碑和需求一步步把我推到了现在的位置，是客户给了我信心和野心去打造一个属于国人自己的天然定制护肤品牌。

10年来，我从最开始的一个人，到现在有一个完备的团队，简玺也从一个名不见经传的小众品牌发展到现在规模覆盖全国几十个省市的天然护肤品牌。没有谁规定厨房里走不出国际大牌，更没有谁规定小女人做不出大事业。所以梦想还是要有的，无论你正在做的事是多么的不起眼，不管你现在面对的是怎样的琐碎和低谷，只要尽心尽力地做好你想做的每一件事，就一定能逐渐靠近你的理想。每一个梦想，都有实现的可能。

也许很多人会觉得追求梦想这种事是年轻人的专利，只有 20 出头的小姑娘才可以肆无忌惮地去拼、去闯、去试错，一旦结婚就会有很多顾虑和牵绊。其实我想说，我身边很多女性都是在婚后才真正闯荡出一番事业来的。婚姻不是女性的藩篱，只是让女性多了一份责任，多了一份依靠，换了一个舞台而已。

在我看来，无论是否结婚、是否有钱，一个真正幸福和成功的女人，必定是懂爱、懂美、懂自由的女人。

一个懂得爱的女人，爱家人，更要爱自己。我见过结婚十几年一直勤俭持家，最后却落得丈夫出轨、子女嫌弃的女性。她们对丈夫任劳任怨，为子女付出一切，是最好的妻子和母亲，可唯独忘了爱自己。女人婚后，是会被岁月磋磨得不修边幅，还是被时光雕琢得越发精致，决定权一直在自己手里。结婚只是下一个驿站的开启，绝不是自我成长的终结。

自爱的女人，一定也是自立的。无论是人格上还是经济上，她的婚姻一定是这样：和丈夫举案齐眉，却不会仰他鼻息；和丈夫共度一生，却在各自的事业中打拼，平等相携。真正的幸福，不是靠别人赐予，而是自己努力打拼后获得的勋章。

对于女人来说，幸福不是地位权势，也不是银行存款，而是一种生命平衡的状态。有财富也有健康，有工作也有休闲，有家庭也有自我，无须受人掌控，也不求掌控别人。这样的女人不一定很漂亮，但绝不会失去"对镜贴花黄"的从容；不一定很富有，但一定保持着不依附任何人的自信和独立；不一定太强，却必定活得自由纯粹。她可以因爱充盈、内心柔软，也可以挥斥方遒、笑对八方。许多女孩经常祈愿下个月变得幸运一点，其实我觉得，与其祈求上天，倒不如把这份幸运掌握在自己手里。当一个女人又漂亮又有自己的事业，面包口红自己买，脑子有才华，内心有风景，她会自带磁场，全世界都会对她好一点的。

一个有爱又美的女孩子，一定会找到自己的幸福，拥有想要的自由。我很喜欢《在轮下》的作者赫尔曼·黑塞的一句话，"我们每一个人都在走向成为自己的道路上。"走在成为自己的道路上，有些人领悟得清晰一些，有些人领悟得模糊一些。不必复制别人的成功，不必艳羡别人的道路，我们要做的，只是过好自己的生活，做好自己的事。只要认准想去的方向，承担起该承担的，奋斗着该奋斗的，就能练就骨子里的自信、淡定和从容，就能带着暖暖的幸福，过自己充满爱、充满美和自由的人生。

我希望每位女性的灵魂里，都珍藏着一颗少女心，不惧怕变老，不屈服岁月，赤忱热情，明朗纯净，做不可替代的自己。